ZUI

Zestful Unique Ideal

最世文化

Shanghai ZUI co.,Ltd

你在云端好自为之

疏星 · 著

给那些不好的人生经历、
臃肿的肥皂剧情以及最终战胜它们的我们。

目 录
Contents

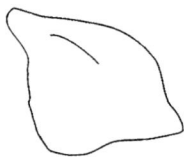

楔　　子 / 001

第一卷 / 痴人浪子
Chapter 01 / 007
Chapter 02 / 031
Chapter 03 / 045
Chapter 04 / 059
Chapter 05 / 073

第二卷 / 云端之上
Chapter 06 / 083
Chapter 07 / 089
Chapter 08 / 095
Chapter 09 / 117
Chapter 10 / 125
Chapter 11 / 139

第三卷 / 梦的告别
Chapter 12 / 149
Chapter 13 / 159
Chapter 14 / 163
Chapter 15 / 189
Chapter 16 / 209
终　　章 / 221

后　　记 / 228

楔子

我的一位小说家朋友告诉我，只有那些最不知道如何处理故事结局的作者，才会把一切归于一个梦境。何况这还是一个故事的开头。

　　那几年我经常做一个噩梦，可以说，那个噩梦比我那段迷茫的人生本身还要可怕。当然，我知道用一个梦来当作故事的开头，是件很老套的事。我的一位小说家朋友告诉我，只有那些最不知道如何处理故事结局的作者，才会把一切归于一个梦境。何况这还是一个故事的开头。

　　第一次做那个梦，是在好几年前，我和王子天去一个临水的小城市看望一个朋友。那个朋友住在大学校园里一所很老的房子里，房子的年纪估计比校园里那些白发苍苍的老教授还要大。

　　进到楼道里，四周黑漆漆的，楼上有什么东西掉下来，砸在楼道外的地面上。突然的巨响让我失声叫了出来。王子天皱着眉头看了我一眼，意思是有什么好大惊小怪的。他咳嗽了一声，感应灯才亮起。我下意识地攥住他的手。

　　我们被安排在客厅旁边一间很小的屋子里。那间屋子之前没人居住，因为我们过来，朋友特地打扫了出来。刚走进那间屋子的时候，我就有一种说不上来的异样感觉。后来王子天告诉我，我之所以敏感，也许是因为那间屋子没有窗户。

　　躺到床上以后，我开始进入那个梦。

　　梦里，我和王子天来到一个非常空旷的地方，城堡矗立在我们前面。可梦里的预设告诉我，就算城堡在前头，我们也不是什么王子公主。那个站在城门口的妖精，决定我们能不能通过这道城门。

　　在这个梦的开头，我们两个人就在逃难。

　　王子天很轻松地就通过了绿色妖精的盘问。梦里的他说着一口流利的妖族语言。而我像个二百五一样站在那儿，瞪着绿色妖精赤红色的眼睛，恍惚间，要背的话，一个字都背不出来。背不出妖精语言的我，很快就要被认出是伪装出逃的人类。

　　梦里的我非常、非常着急，像高中数学考试结束的铃声已经响起，我最后的三道大题都不会写一样着急。

　　很遗憾，我过不了那个门槛。绿色妖精瞪着赤红色的眼睛说，我要永远留在城门之外的地方。

　　我在那个城门之外的世界，打开了无数扇门，去了无数个房间，就是永永远远都走不出那个地方。城门在千里之外，答不出通关语言的我，只能被锁在城门之外。

　　过了好久，我走进一个房间，问了一个坐在我对面的女人，这里到底是什么地方？为什么会有这么多房间？永远没个尽头？

　　女人神秘地望着我，笑了笑，说，这也不是多糟糕的地方，只不过是每个人死后都要去的地方。

梦里的我这才明白，不会说妖精语言的我，被永远留在了地狱。

那段时间，我经常做那个关于妖精和城堡的梦。到了第十次，第二十次，我还是没办法通过妖精的盘问。我的舌头在那个关口打了结，一个字都说不出来。我在梦里想要张口，却像是被堵住了嘴巴。

第一卷

痴人浪子

Chapter 01

总有一天我们吵累了，就能白头偕老了。

　　这天，我满头大汗地从那个噩梦里醒过来，看了看床头的手机，没有王子天的信息。我从床上爬起来，坐到电脑桌前，打开这台我才拆封不久的 Mac Pro。

　　事情就从我按下开机键那一刻开始。

　　在一个礼拜前，我还不会使用这台电脑，我花了很长时间，居然没有在桌面上找到刷新的选项！这让当时的我很没安全感，好像到了一个要说外语的海外小岛一样恐慌，而且还是那种满是食人族的小岛。我稍微点错个鼠标，兴许就触动了什么雷区，被生吞活剥了也不一定。

　　王子天的信息在这个时候发到我的手机上。

　　冷冰冰的信息，只有几个字："进入 Windows 系统的方法在备忘录里。"以前他恨不得发一串幼稚的符号，亲亲抱抱，缠缠绵绵。可冷战期，他宁愿用古文和我说话，能简短再好不过。

我按照电脑桌面上王子天留下的备忘录的指示，一步步将电脑切换到了 Windows 系统。他在备忘录里详详细细地写着：

"在 Mac 系统中想进入 Windows：点击系统偏好设置；启动磁盘，选择 Boot Camp Windows；然后回车；再在弹出的对话框中按回车，就能进入 Windows 系统，以后启动也会直接进 Windows。"

说实话，这个提示对当时的我来说犹如救命稻草，好比小时候看美少女战士，危急时刻出现的夜礼服假面一样，让我长舒一口气。

当然，王子天只是个普通得不能再普通的普通人。但我对他依赖成性、不知节制——他也知道我对他依赖成性、不知节制，所以很长一段时间里，我都死得很难看。

按道理来说，这一切应该早就发生了，我却如此后知后觉。用他的话来嘲讽，我从来看不透事情的本质。跌跌撞撞如我，在生活的迷雾里张皇失措，虽然受着点儿感情里分分合合的波折，受着点儿理想遥远跋涉的迷茫，我也总是告诉自己，这些都是正常的——人生本来就是这个样子。我并非不幸的那个，只是经历了所有人都必须要经历的东西。

岁月一晃而过，在经历这些小小的挣扎之后的几年，也许我会放弃我的梦想，变成一个普通的女人（原本我也不特殊），和王子天结婚生子，过上柴米油盐的生活——这样也挺好，反正这个世界上，不是所有的东西都是你必须要得到的。

面对生活，我以为我总能找到说服自己的借口。可那天，我对着这台全新的电脑，像面对一个从天而降的婴儿一样手足无措。

因为受辱的自尊心，我还是不能忍受自己做出"买了台苹果电脑，却还坚持用 Windows 系统"这样低级的事，于是我将电脑切换回 OS 系统。

虽然我对这系统的使用方法一无所知——在我打算编写一个普通文档的时候，却找不到 WPS。查询后，我才知道 WPS 根本就没出适应 OS 系统的版本。

于是我只能打开手机，在朋友圈里求助我的那些点赞之交，希望谁能给我发个可以在 OS 系统里运行的 Word。

很快，我一个多年没有联系的小学同桌回应了我。他直接通过微信的 PC 端将可以在 OS 系统里兼容的 Word 发给了我。

"谢谢谢谢！"我万分感激。

"小事。"

"苹果电脑好用吗？"我追问。

"说实话，比 Windows 系统好用。它的系统相对封闭，我用来编程蛮不错。"

"你现在在做软件呀？"

"小公司。登不上台面。如今满街都是创业狗。"他自嘲。

"你一定可以的！小学的时候你就比我们都聪明！我记得年年奥数你都得奖呢！"

我又像个傻里傻气的偶像剧女生一样，瞎起劲鼓励起这个久未相见的故人。小时候，有段时间我被安排在爷爷奶奶居住的小乡村，变成了俗称的"留守儿童"，不过那会儿还没有这么洋气的称号。留守的我在乡村小学上了一年学，这个同学就是那时认识的。我对他最深的印象，就是他外号小胖，长得很像圆滚滚的吉祥物，和橡皮泥一样。因为太胖，感觉揉一下就会变形。

当年上课的时候，我非拽着小胖一起蹲到桌子底下，装作在捡起掉落在地上的铅笔，然后从兜里掏出咪咪虾条或者话梅分着吃。结果，有次数学课的时候，我俩分着吃话梅吃得实在太久，在桌子下待着的时间远远超过了老师的忍耐限度。数学老师让我们站起来，骂我们不认真听讲。我还一边嚼着话梅一边和小胖说：

"哼，这道题实在是太简单了，谁不知道 9 加 3 是 11！"

小胖瞪了我一眼没说话。我天天给他带吃的，估计他就算心里觉得我蠢，也不敢说出来。

老师在讲台上听见了我的悄悄话，气得发抖："你说什么？9 加 3 你都算不出来！两位数加法！不就是 13 吗？！"

他在黑板上理直气壮地写了个大大的 13。站我边上的小胖终于忍不住笑了。鉴于我们那个乡村小学的教育水平比较一般，这样的事常有发生。那个数学老师小学刚毕业就过来带我们一年级的学生，还兼职教体育，所以我还能自豪地说："我小学数学真的是体育老师教的。"现在想想，在当时那个野生的教育环境里，小胖是唯一智商上线的了。要不后来他也不能在我那些同学都在微信上卖面膜的时候，一本正经地去搞软件开发了。

"话说小胖你现在搞什么公司呢？苟富贵，勿相忘！"我好奇。

"产品还在测试阶段，我不是很满意。放心，你管我那么多零食，不会忘记你的。"

还是老同学热情。

小胖分享给我一个网盘链接。我打开之后，点下保存键，却不知怎的，进入了一个已经登录的网盘。

这是王子天的网盘，他用这台电脑帮我装了双系统，却忘记退出自己的账号，就此留下了他的痕迹。

当我打开网盘里那个名为"满满的回忆"的文件夹（天知道他怎么会取这种孩子气的名字），再看见里面那个名为"我和小三"的子文件夹的那一瞬间，我的心里下起了暴雨。

点进去，他和另一个姑娘游玩的照片出现在我眼前——我已经不知道自己的大脑是如何运转的了。

他们如此快乐，就像当初的我们。

王子天在她的身边笑容柔软，不像对我一样摆着棺木般的神情。

这是我们冷战期间一个寻常的午后，跟以往所有的冷战一样，我反复催眠自己，生活就是这个样子，一切都会好。

窗外虽然寒冷但还算阳光明媚，冬天那种浑浑噩噩的阳光包裹着城市。在我坐在这台电脑前面之前，我并不知道，因为一个漫不经心的保存动作，我的人生会自此走向看不清的征途。

那"咔"一声的鼠标响，比我弹过的任何一个和弦都具有爆发力，很多事从那一刻起被打开了。

事情回到半年前的某个周五下午。

在街边的小吃店，因为一碗我没吃完的豆腐脑，我和王子天大吵一架。

你也许会觉得未免小题大做，在遇到王子天之前，我也觉得这样的争吵实在是拿大炮打蚊子，但事实上，我们经常炮轰彼此，两败俱伤，一片狼藉，最后，要打的蚊子还在我们头顶盘旋。就像宋冬野的那句歌词写的：我们总是在寒夜中彼此仇恨，但问题的根源却远远远在天边。

那时我还是个怨妇，因为他的一句话，眼泪就能掉下来。

眼泪越流越廉价，一点儿克制力都没有。

"在你心里我连一碗豆腐脑都不值吗？"重来一次，我宁愿把豆腐脑倒在他的脑袋上，也不说这种傻台词。

"是你的态度问题。我不喜欢别人浪费食物。"

王子天出身不算富贵，家里有一个姐姐，一个弟弟，一个妹妹。他见不得我的各种生活习惯，除了没吃完的豆腐脑，我们为许许多多的经济问题争吵，比如他从我的身上撕下还没来得及撕掉的透明号码标签，质问我为什么又乱花钱；比如我去看电影、逛街、吃饭总是能引起他长久的沉默与不满；比如我去跑电影发行的那几天，奔走在各个影城，有段时间过着不是天天在外面吃，而是顿顿在外面吃的生活，他分分钟都能炸毛；比如我和乐队的朋友聊天聊晚了会儿，他能对我冷战好几天；比如有一次，他让我临时往他的一个堂弟的卡里转一笔钱，可我有事没有来得及转，他就大发雷霆说"那是我堂弟，我们可是一个爷爷"，险些和我因为这件事分手。

最后的最后，他总是会说一句："你把钱看得比什么都重要！"

一句话让我除了流泪，哑口无言。

除了沉默地离开，我不知道要做什么。

生气？不，开始的时候也许你还有力气生气，但最后你只觉得失望而已。觉得失望，却连愤怒的力气都没有，是一种软弱的表现，我也懒得强调自己的没用，反正你会看到，我穷尽人生去证明这一点。

上楼，进玄关，脱鞋，沉默无语地关上门，走进卧室，反锁上门，那道卧室的门，就成了一个不会倒塌的肩膀。

我顺着它一滑而下，没有声音地哭起来。

爸爸还躺在客厅里看电视，妈妈正倚在沙发上用手机斗地主。我已经大学毕业了，还赖在家里，因为喜欢电影，任性地在一家小公司做着不稳定的电影发行工作，每周任性地去自己喜欢的小酒吧驻唱几次，任性地和自己喜欢的人在一起——我活得这么理想主义，更不能让他们看出我不开心了。

一个混沌般的黑夜过去后，我精疲力竭地醒来，努力打起精神。

我坐在窗前，环顾周围和我人本身一样糟乱的房间，起身整理。

我把包里乱七八糟的东西倒出来，重新整理那些口红、发票、纸巾、钱夹……努力整理东西会让我感到内心平静。有时候我会恨不得花一天的时间去整理东西，这样的话，我就有足够的时间去逃避我需要面对的事。

至少在把桌子整理得干干净净、整整齐齐的时候，我会更有成就感一些。

相比我无法休整的生活，我更擅长收拾家里。

一张蓝色的名片从钱夹里掉出来，这是那天我在迷宫唱歌的时候，坐在观众席的一个男人递给我的。他说他是个乐评人，正在组织一场水城本地的民谣巴士的活动，会找一些民谣歌手，一起搭着大巴在周边几个城市的 LiveHouse 巡演。旅途中乐队的资源可以让我们自由组合，问我有没有兴趣加入。

一顶鸭舌帽把他的光头压得低低的，胡子占满他的脸，让我看不见他眼睛的光。

他说的民谣巴士却像童话故事一样吸引我，可当时的我只能怯怯地笑笑问："要去多长时间？"

"大概半年。费用我们会承担。吃香喝辣，有福同享。"

"时间太久了。"

"半年里不是每天都去。是整个民谣巴士的活动大概进行半年。一般我们都会挑周末去。不会耽误你的工作。这次计划里有几个歌手还是学生。"

"不是工作的原因。我男朋友不会让我去的。"

"这是你的自由。你很有潜力。"

"真的不好意思。"

"我留张名片给你。如果你改变主意了，随时联系我。"

回家后，我只将这件事讲了一半，王子天就斩钉截铁地说不行。他的眉毛挑得老高，眉尾都要从眼角飞出去。就像当初大学刚毕业的时候，我提出想离开水城去北京搞音乐，他的眉毛也高高地飞起，好像我再多说一个字，他就要气得拍桌子了。

"你去北京饭都没的吃。"对于北漂的想法，记忆里他是这样说的。

"不务正业。浪费时间。和那么多男人一起，你岂不是还要和别的男人并排坐在一辆巴士上？你不要再去卖唱了，尽招惹这些三教九流的人。"对于乐评人的邀请，他也是嗤之以鼻。

那张乐评人的名片我一直留着，我把它夹在钱夹的最里层，夹在我和王子天的一张合照的里面。

要不是整理钱包，我都忘记了它的存在。

我鼓起勇气想打那个乐评人的电话。打开拨号键盘，一个数字一个数字地按下去，还差三个数字的时候，我的电话铃声响起了。

是王子天。

我应该不接的。我就看着它一下下振动。当然我根本没那么大定力，第一通电话我没有接，电话第二次响起的时候，我就滑动了接听键。

我们都沉默不语。

过了几秒，他开口问："吃饭没？"

"没有。"

"我在你家楼下——你不来，我就走了。"他的语气还是那么冰冷。

我能听见他的呼吸，在他的呼吸里，我闭上了疲惫的眼睛。

深吸一口气，我一步步走下楼梯。远远地，我看见王子天就站在小区门口的那个花坛旁边，高高瘦瘦的身影融化到夜色里，然后，我停住了脚步。

路灯下的他，穿着那件我挑的灰色衬衫，脸上挂着点儿沉默的疲惫。

过了这么久，我还是喜欢从很远的地方看着他，这样我就可以肆无忌惮地去看他。

好像他不属于我一样。

我看到我的爱人，看到一个和我一样在感情里疲惫不堪的旅人。我看见一个铜墙铁壁的血肉之躯，也看见一个分秒中可能随风而逝的纸鸢。我看到一座因为我的软弱无力而高大的神像，也看到一个不懂得抱歉，却也舍不得放弃的普通人。

他看见我走过来，一句话也没说，只是抱着我。

在那一瞬间，我不知道我还有那么多眼泪可以流。

"跟我回去吃饭吧。"他擦干我脸上的眼泪，看着我，眼里的疲惫终于释放。

每一次，他身上的气息都像毒药一样缠着我，起先我试图挣脱，后来我却难以逃离。

"老婆——"他喊我一声，眼睛里有和我一样的软弱。

"我不是不爱你，只是按照要求我自己的标准去要求你。"

我点点头，摸着他的脑袋，没有回答，意思是我都明白。

刚刚重归于好的日子总是最快乐的。

那是一种好像回到童年时期的快乐，无忧无虑。我们刚刚才还给岁月一场撕心裂肺的挣扎，这些快乐是我们应得的。

在路灯下，在饭桌上，在大街上，在电影院里，在音乐厅里，在我演出的小小酒吧里，我们有说不完的话和挥霍不完的笑容。

很多年后，我还是要厚颜无耻地跟命运说，那些如短暂烟火的快乐是我们应得的，就算是有"相恋多久，失恋多久"的理论在那里。

就算生活一直试图夺走我们的激情，那也是我们应得的，我们都为那一口糖的甜蜜付出了沉重的代价。

可惜过不了几天，我们又会在我们曾经快乐的路灯下，在饭桌上，在大街上，在电影院里，在音乐厅里，在我演出的小小酒吧里，因为一碗凉皮或者一根头发争吵起来。

无论争吵的起因是什么，最后先害怕的那个人，永远是我。

每次遇到这种情况，我就想起《狼图腾》里那个养狼的男人，他用全部精力去喂养那只狼，然后那只狼咬了他一口，他鲜血直流，难过之后，他却对狼道歉说，都是他的错。

王子天就是我养的那只狼，我害怕失去他。

非常、非常害怕。

于是我告诉自己，他还只是个孩子，这些都只是他内在自卑与脆弱的表现；我告诉自己，等以后生活宽裕了，这样的事情就不会发生了；我告诉自己，真的不能怪他，他以前过得太苦了，没有人对他好过，所以他才不知道怎么对别人好；我告诉自己，他是爱我的，他也不想这样，要不在争吵之后，他也不会那么用力地抱着我。

前面那些小小争吵最多只是导火索，事情的炸弹，是我们一次空前严重的争吵。

那时因为王子天实习的公司临时调遣，我们分开了一个月，分开让我感到，之前的诸多纷争应该都能冰消瓦解了。

好不容易到了假期，我们计划着相见的时间要如何安排。

"要不你和我一起去武汉吧，去我妹妹那里。"他说。

"啊？"

"我爸妈正好也在，我们一起去看看他们。"

"这样好吗？"虽然之前已经见过他的父母，但还是觉得很别扭。王子天家人对他的期望很高，之前我问他，他妈妈对他找女朋友有什么要求，他想了下，说他妈妈让他找个长得像范冰冰的，个子高点儿，最好一米七以上。他的前女友就是因为个子太矮了，王子天爸爸不是很满意。人一定要懂事，会持家，孝顺父母，内外兼修。

"哦，"他补充，"妈妈说最好找个能生双胞胎的。"

所以第一次见家长之前，我拔掉了耳朵上所有的耳钉，赶紧把头发从灰紫色染回黑色，找于疏影借了几套我从来没尝试过的名媛风格的衣服。

在我的价值观里，如果你没有足够多的钱和足够美的脸，还是不要尝试什么名媛风了，那样就算穿一身山茶花香奈儿，也会给人一种乡村非主流的感觉。如果再夸张地涂上什么韩剧爆款的玫红色口红，粘上蜘蛛网一样的假睫毛，喷上刺鼻的香水，就会像村姑被卖到青楼里。

最后在于疏影的捣饬下，我还是穿上了蕾丝白衬衫、高腰黑色小伞裙，穿上了羊皮小高跟和粉色格子大衣。

她朝我眨了眨眼睛，说："家长都喜欢这样的，你信我。"

"要想装婊子，就得有身行头。"她不忘损我。

果然那一次见面还算成功，王子天的父母虽然没有特别喜欢我，但也没有特别讨厌我。再加上那时候我们感情稳固无坚不摧，一切也就顺利过关了。

这次我可一点儿信心都没有。

等于要和他父母短暂地住几天，压力太大了。

"你不想见他们吧？"王子天听出了我的不情愿。他对我的不情愿很生气，家人在他心目中的位置不可动摇。

"没有啦。寡手去不大好吧？"我调整心态。分开这么久，我不想大家不开心。

"你不要乱花钱买东西了，别把自己弄丢就行。"

我能听出，他高兴了。

晚上在迷宫酒吧演出之后，我急急忙忙就背着包去了车站。

一路上我都在害怕自己会搞砸。根据墨菲定律，害怕的事就真的发生了，王子天的爸爸不在，可王子天的妈妈这一次对我很不满意。

也许是连续几晚的演出让我看起来憔悴不堪、萎靡不振；也许是总窝在房间里做这个月电影发行的报表不怎么出来和她交流；也许是我炒个菜端起锅的时候说了声好重，让她觉得我肯定不是个能干活儿的媳妇儿……

王子天也有些不高兴，他总是暗示我，多出去和他妈妈交流交流。

"你出去多和妈妈说说话，他们最害怕我娶个城里的姑娘，不懂事又不干活儿。家里人很忌讳这些，老家要是放那种婆媳剧，看到电视剧里那些蛮不讲理的城里媳妇儿，他们能气得站起来把电视都砸了。"他叮嘱我。

我走出卧室，在沙发上坐下。电视正在放一部无聊的宫斗剧，为了不让气氛太尴尬，我就试着挑起话题："写这个故事的作者的其他小说也挺好看的。阿姨，你喜欢看什么类型的小说？"

她看了我一眼，顿了顿，说："我不识字。"

王子天在一旁瞪了我一眼，我发誓我不是乱问问题的。

在那个环境里，我总是不知道说什么，干脆就玩起了手机。

"又在买衣服呢？"王子天瞥见我在刷淘宝，说了句。

他妈妈的眼睛亮了下。

然后我听见她用方言和王子天说了句什么。

王子天看着我，我才意识到，她是在和我说话。

"我妈说让你不要乱花钱。问你总是买衣服，你妈妈说不说你。"王子天为我充当了翻译。

我尴尬地笑笑，没回答。

我只盼望那几天早点儿过去，这样就不会太压抑。

当然我不能和王子天说这些，他只会生气，觉得我不懂事又矫情。于是我安慰自己，虽然写歌的时候，要向往真爱和自由，年少的时候也害怕自己有一天要遇上晚八点档的肥皂剧情，但这世界，哪是所有的地方都如六根弦上一般自由宽阔，我也总要面对这些生活的琐碎的。

"广白！"王子天的妹妹王莺喊我去她的卧室。

王子天的母亲也在卧室里，她们正在整理王莺的衣橱。我的天，我必须说那是个大衣橱，堆满了女人"买买买"的气息。

"这个妮子也喜欢乱买，"王子天的妈妈脸上满是笑意，"好多衣服买回来，标签都没撕，就摆在那里，也没穿过。"

"你试试这件。"她递给我一条白裙子。

我试了之后，她点点头，说："去给王子天看看。"

王子天看着我，说："妈妈说，这件比你身上那件红色的裙子好看。"

我笑着对她说："谢谢。"

之后她又拿了几件王莺的衣服给我，打包在一起。还把王莺通过电视购物为她买来的一套裙子中的一件拿给我，让我带回去给我妈妈。

"看到没有，妈妈就是这样纯朴的人。"王子天在我耳边说。

我没有预见到，因为这两件衣服，我们之间起了有史以来最可怕的一次争执。

走在路上，我悄悄和王子天说，身上这件裙子有些扎人，不是很舒服。他皱了皱眉头，告诉我，别当面跟他妈妈和妹妹说。

我挽着他，开心地点点头，马上我们就要离开了，我的心情也轻松起来。所有的道理都说爱一个人就要爱他的全部，但真到了现实里，我相信大部分人还是自私地希望能够二人世界、无纷无扰。

王子天放下身边的琐事，和我一起回了水城。不得不说，我有种逃离地狱的感觉，虽然我为自己居然有这种感觉感到有些惭愧。

"跟我一起去我家看看？"坐上动车后，我心情愉悦。

"好啊。这回轮到我当小瘪三了。"

"很公平嘛。在我家你不一直都表现得很好嘛。"我父母都很喜欢王子天，他不像我那么避世，很懂得怎么让别人喜欢自己，也知道别人希望看到一个什么样的自己。

"肯定比你表现得好。"他骄傲。

有时候你说了句不该说的话，很多事就改变了。你会问感情怎么那么脆弱，但这就是事实。

如果在小区门口，我没有提出那个顾虑，很多事可能也不会发生。

"老公，能不能别和妈妈说我们一起去武汉的事情，我怕她不高兴。"

"嗯。不说。你看在你家，我连你的手都不牵。主要是你，要克制一下哈。"

"那个……衣服的事情也别直接和她说好吗？我怕她觉得给的是旧衣服，会不高兴……"

王子天的脸色变了。

"我没有其他的意思，就是在一起很不容易，所以就考虑仔细一点儿，不想让妈妈不高兴……"

说出去的话泼出去的水，我明显是在越描越黑。

因为那几句话，王子天在我家里一直沉默不语。我能闻到，空气里都是那种夏天暴雨前的凝重。

门铃响了，是表姐。我松了口气，多个人也许气氛能轻松一些。

"小姨！"表姐人甜嘴甜。

"来就来，又乱买什么东西！"妈妈笑着接过她手上的大包小包。

"喏，小姨，这件裙子给你的。"表姐拿出一件铁锈红的改良旗袍，灯光下衣裙无比诱人，像是《花样年华》或者《色·戒》中出来的一样，只是表面看着俗的美，骨子里却不俗，按木心先生的话说，就是大雅的美。

"你钱多是吧！"妈妈作势要打表姐。

我瞥了下裙子的吊牌，五千多。不用看，我都知道王子天脸上的表情。他肯定要联想到另外一件他母亲送给我母亲的五十块电视购物的裙子。

"你别想太多。"我拽了拽他。

他尴尬地笑了笑，眼睛没有看我，而是看着满脸笑容试裙子的妈妈。

王子天从来没有这么脆弱过。

"老公，真不是你想的那样。"晚饭后，我把他送下楼，一路上都在察看他的脸色。

"嗯。"他什么都没说。

"你不要……"

"把那些衣服还给我吧。我把它们寄给表妹和她妈妈，她们没穿过什么好衣服，不会介意这些。"

"什么啊！这是你妈妈送给我的嘛。我很喜欢的。你为什么要送给别人？"

"料子不好，不要扎到你了。"

"我真的不是那个意思。"

他顿了顿，好不容易压抑住的怒火又蹿了上来："我没想到你妈妈这么虚荣！如果那些想法是你的，我还可以理解，因为你本来就不懂事。但如果这些想法是你妈妈的，我就真的看错她了！"

这话让我非常愤怒。

我叹了口气，毕竟是我伤害了他那敏感的自尊心在先，除了试图安慰他，我不知道该做什么。因为他的情绪变得十分激动，好像随时处在崩溃的边缘。

"真不是你想的那样。"我感到非常无力。

"你走吧，我一个人回去。"他的背影在前面越拉越长。

那天我没有离开，而是站在很远的地方看着他。接下来的事情让我很惊讶，因为我看到他走到前面，走着走着，蹲下身，在那里哭起来。

他蜷缩在那个小小的地方，好像一只受伤的企鹅。

我真不知道该怎么办了。

为了不让他发现，我就躲在一辆车后面。

这时候，有车经过，然后又停了下来，走下来的是比我还惊讶的表姐。

"是王子天吧，你怎么啦？"表姐从车里拿出抽纸，一张张递给他。

"姐，没事。"他摇摇头。

"是不是和广白吵架了？"表姐问。

"没有的。"

"唉，你们年轻人真是。不要这么幼稚。陈广白有时候说话不经过大脑，你不要放在心上。"

"真的没事，姐，你赶紧回去吧。"

"有事不要憋在心里。"

"嗯。姐，很晚了，你早点儿回去吧。"

"好，给我打电话。"表姐拍拍他的肩膀。

我躲在车后面，看着表姐的车离去，松了口气。

他现在脆弱得像个水晶瓶，我都不知道该怎么办才好。

最后，我还是走上前去，拉住他，他一把甩开我的手。

这个动作上次发生在没有及时给他堂弟打钱的时候。在湖边，他甩开我的手，一把将我推开，说："你把钱看得比什么都重要！那是我堂弟，我们可是一个爷爷！"

其实我很心痛，但我真的不想看他这样子。我无法描述我的无能为力，只得看着他。

"你不要这样子……"我说。

"你走吧，让我一个人待着行吗？"

"可是——"

"我不想跟你说话，你走吧，我还是会娶你的好不好！"

他显然已经崩溃了。

这个世界上很多事我都想不通，想不通人和人之间相处是这么一件麻烦的事，我越去想，就越想不通。感情原来这么脆弱，抵不上两件衣服。

难道感情不应该是，无论发生什么，我们都不会离开对方吗？更何况因为两件衣服？还是说感情本来就是没有标价的东西，所以它可以很脆弱很廉价，只是我们多数人不愿意相信，硬说它是无价之宝？可无价的，又怎么能是宝贝呢？

我心力交瘁，可我得去面对。那时候我知道我的感情不完美，但从来没有想过离开他，就算想放弃，第二天又还是做不到。

还不如诚实点儿面对自己。

为了不让王子天的自尊心受到伤害，那几天我都穿着他妹妹那件衣服。第二天王子天来家里吃饭的时候，在厨房，我悄悄和妈妈说了这件事。

妈妈一下子心领神会。我敢说，妇女的智慧总是你难以想象的。她一边气定神闲地把菜盛到盘子里，一边对我说："没什么事，我知道了。"

然后她端菜到客厅里，见到王子天，开心地问："王子天，听说你妈妈给我买衣服了？"

王子天从进门到现在都沉默着，终于开口："阿姨，不是什么好衣服……"

"拿出来给我看看啊。"

王子天从袋子里把衣服递给妈妈，妈妈拿着衣服在身上比了比，转了个圈，像个得到生日礼物的小女孩一样，她雀跃地问我们："好看不好看？挺好看吧，这碎花。"

"好看的。"我点点头。

"我收下了，王子天，一定要帮我谢谢你妈妈，回头把你妈妈号码给我，我给她打个电话啊。"

王子天脸上的表情舒展开了，神色也没有那么凝重了，他说："好，阿姨。"

我心里那千斤巨石终于落了下来。

只是我不知道有些问题只是缓和，但其实根本没有解决掉。

后来我们还是争争吵吵。有一次他发了很大的脾气，说："你有什么值得我喜欢的？你自己想想，你有什么值得我喜欢的？早在你嫌弃我妈送你的衣服那一次，我们俩就彻底完了！"我听了，还是抹去眼泪，反复安慰自己，所有的夫妻都是这样的。

总有一天我们吵累了，就能白头偕老了。

我没想到的是，人就是朝令夕改的动物。王子天可以晚上和你说"宝贝，我们结婚吧，生个可爱的小家伙，老大家生了个丫头，可逗了，我们也弄一个，好好过一辈子，再也不争吵了"，可是白天，他可能会因为很小的事情（至少在我看来是小事情）和你生气，然后就是我害怕的沉默和冻结。

后来我想，要是在他沉默冷暴力的时候，我不那么看重这些，不那么歇斯底里地去找他要一个解释，也许很多事就过去了。可惜那时候我还是个没有安全感的幼稚姑娘，总害怕他跟蝴蝶一样，从我身边飞走了。

有些事在他敏感的心里永远打下了烙印。他最受不了的，大概就是别人看不起他。所以钱这种事情，在我们之间一直都是个隔阂，我永远不知道什么时候会因为钱伤害他。

"我都不知道你喜欢他什么。王子天这种赔钱货，倒贴送给我我都不要。"

"就你这刻薄劲儿，谁都看不上。"

"拜托，我高中那会儿也是少女情怀过的好不好。"

"因为对方找了个艺术生，就拉着我去艺术生的班级借书，通过借的书知道女生姓名之后，把那个男生和女生都写到侦探小说的死人名单里，你告诉我，这种事，哪里少女情怀了？"

"那是我对他们的成全和祝福。祝他们白头偕老一起进坟墓。"

我最好的朋友于疏影，往我的杯子里倒着梅子酒。每次听我的感情故事，她都气得眉毛飞起来，然后喝掉一大瓶酒。

于疏影是个小说家，虽然她一直不让我这么称呼她。她说毛姆曾经说过，那些什么都不会做的人，一般都去当了作家。

事实证明，她确实是个没有丝毫生活常识的人。如果不是我一直对她不离不弃，她大概早就饿死在了家里。

我们高中时相识。第一次见她，是在物理补考教室，她穿着一件邋遢的连帽黑色风衣，乌黑发亮的头发一圈圈缠在头顶。后来我告诉她，我之所以注意到她，不是因为我一开始跟她说的"感觉这个姑娘蛮有灵气的"，而是因为她那天的头发真的盘得很难看，就像一坨大便顶在脑袋上。

所以后来我们搬到了一个屋子，从高二住到大学毕业。我开始每天给她梳不重样的发型，复杂的蜈蚣辫或者是小清新的韩式麻花，让她能穿着白衬衫背着布袋子，走到樱花树下勾搭纯朴的理工小哥。

而我，就皱着眉头在寝室收拾她杂乱不堪的桌子，晾晒她快要发霉的被子，搓洗她丢在床上（就不描述了）的内裤，一边骂她是个骄奢淫逸的小婊子，一边帮她去学校门口拿快递。于疏影说我简直就是她亲妈，我说对不起，有你这种女儿我宁愿自尽。

"我也不知道喜欢他什么。就是觉得他是个小孩儿。"我摇摇头，喝光杯子里的酒。

"你有病吧？"

"嗯。就是没办法放弃。"

"他有什么好？对你那么差，你是不是有受虐倾向啊？"

"你们只是没有见过他对我好的时候是什么样的。"每次我都无比认真地这么强调。

"我劝不了你，但是少女，"疏影顿了顿，忽然很认真地看着我，"你做什么我都支持你，做你永远的港湾——喝酒吧。"

说什么感动呢，一饮而尽吧。

那件衣服的风波平息之后，又因为一次争吵，我们迎来了开头那段长久的冷战。

矛盾一直在那里，我们的感情处在悬崖边缘，短暂恩爱之后，随时可能因为一句话就有了争吵。

每一次都是噩梦一场。我却贪恋重归于好之后的一口甜。

我也说不清是怎么回事，本来前几天还是我的生日，他虽然人又被调遣到外地，可还是为我精心准备了生日礼物。

现在想想，看到他找人送来的戒指和蛋糕的时候，我首先感到的不是喜悦，居然是害怕。

蛋糕上写着"宝贝广白❤挚爱永恒"。戒指里面刻着"广白❤挚爱"。幸福得不像是属于我的恋情。

那几天，我们的感情很好，好到让我感到害怕。王子天总是对我说"你不要总是对别人提要求"，所以我很害怕和他提要求。我知道他怕自己给不起，所以不喜欢我提什么要求。

"你总是能给他找到理由。那按你说的，你受的所有罪，都是你咎由自取。"于疏影摇摇头，恨铁不成钢。

"我也是在给自己的坚持找理由。"我晃了晃杯子里的酒，那酒杯里，倒映着一个没法儿放弃的可笑女人。

我为什么放弃不了王子天呢？迷迷糊糊的，醉得不省人事了，我握着手机，看到他的头像，还是傻乎乎地发送了一句：老公晚安。

无药可救。

可我记得——有些事我谁也没说，但是我记得。

我记得有一次，在争吵后的黎明，重归于好的房间里，早上醒来，我扎好头发，穿起外套，想去厨房弄点儿东西吃。我刚踩上拖鞋，王子天就从后面抱住我。

"老婆——"他迷迷糊糊地用手臂搂着我。

"嗯？"

"老婆——"不知怎的，他抱得更用力了。好像蛇一样缠着我的后背、我的脖子和我的呼吸。

他的脸紧紧贴上我的脸，好像要把他的面容印到我的面容里，这样他的眼睛里就有了我的眼睛，我的唇里就有了他的唇。他挨着我，一点点睁开眼睛，那样子好像一个刚刚出生的婴儿，努力睁开眼，去看这个世界。

他有点儿软弱地看着我，然后说："你不要走。"

我摸摸他的头，叹了口气。

那一刻，我知道，他和我一样软弱，一样贪婪，一样无能为力。

破镜重圆之后，再回到家里。父母眼中的我似乎都有精神了许多。

妈妈戴着老花镜在那里缝爸爸的衣服，她用余光看着欢喜的我，揶揄道："你俩，一会儿猫，一会儿狗，有意思没意思。"

"就是吵吵小架。"

"什么时候能安定下来呢？"

"你别操心啦。"

"组建家庭可没你想的那么容易哦。一顿饭的恩人，百顿饭的仇人。"她在那里穿针引线，活计麻利，言语的缜密和那密密麻麻的针线一样可信。

"我知道嘛。总要妥协，总要放弃一点儿东西。我会和他好好的。"

我抽出一张抽纸，把桌上的垃圾扫进垃圾桶里，包括那张我从钱包里拿出来的搞民谣巴士的乐评人的名片。

它掉到深谷里，从此与我不再相逢。

Chapter 02

等到九十岁了，我们就一起去跳海。

王子天

陈广白是这个世界上对我最好的人，可我却一直对她不够好。说我对她是最坏的也不为过。

当然我从来没有对她承认过这一点，我几乎没有说过对不起，遇到争执，我总是沉默，冷冰冰的，不和她说话，一个人待着，然后在不得不对峙的时候，我会说很难听的话，再把所有的责任都推到她身上。

陈广白总是先软下来，有几次硬了心肠要和我分开，也被我哄了回来。

我不怎么愿意提到这些事，因为内心深处，我知道我愧对她。我比她要坚强一些，能下意识地遗忘很多不想记住的事。然后表面上，就可以做一个大家眼中积极的人，从不抱怨，只懂实现。

有一次争吵，不记得是为了一碗豆腐脑还是一碗凉皮，我们躺在床上，谁也不和谁说话。她生气的时候就背对着我，我只能看见她瘦小的后背和散在枕头上的头发。

她的背看起来冰凉冰凉的，身体一动不动，不知道哭了没有。

我双手捧着后脑勺，靠在床头，用余光瞥着她，很怕她忽然回过头发现我正在看她。

她就这样安静了好几分钟，平时我总嫌她吵，真安静下来，我却有点儿不习惯。

我悄悄地，不发出一点儿动静地，把脚趾往前挪了挪，轻轻地用脚指头碰了碰她——我没法儿做出像小女孩拽衣角那样的动作，那样太撒娇了，我只是到了位置，就轻轻贴上她的身体，然后停在那里，只碰了她一点点。就一点点。

感受到她的体温，我也安心下来。

后来她和我说，她根本什么都没感觉到，只在心里想着，这次不行，就算了。

这个傻子，从来不理解我投降的方式。

那天晚上我们应该是和好了，一起在街边的烧烤摊吃烧烤喝啤酒。

陈广白忽然拉着我，悄悄贴在我耳边说："哎，老公，我还没跟你说过我的梦想吧？"

"不是过上骄奢淫逸的生活吗？"

我也想让她过上骄奢淫逸的生活。当然我从来不会告诉她。

"什么呀！"

"那是什么啊？"

她忽然放下手里的杯子，睁着大眼睛，扭头左右看了看，好像怕被别人知道了什么惊天秘密，然后才挪了挪板凳，凑近我说："我呢——想得奥斯卡。"

"奥斯卡？"我大声说。

她赶紧捂住我的嘴。

"你别让别人听见了，这可是我的秘密，我没跟谁说过，你是第一个。"她一脸严肃。

"奥斯卡是演戏的吗？有奖金吗？"

"你连奥斯卡都不知道吗？小时候我就爱看电视上放的奥斯卡的颁奖典礼，觉得里面的人都老牛了，跟我们国家的春晚一样。特别是那个演员致辞的环节，有些上去直接就哭了，稀里哗啦的，可不容易了。"

"他们也给唱歌的颁奖吗？"

"你过来。"她神神秘秘地又让我凑过去，脸上都是红晕。喝多了。

"奥斯卡不是有个最佳纪录短片的奖项吗？"

"你又要去当导演啊？"

陈广白赶紧又把我的嘴巴捂住，瞪着眼睛说："你小声点儿！"

"怕什么啊宝贝，以后老公挣大钱了，让那个什么颁奖典礼就在我们家院子里给你举办！"我在她面前总是逞强，跟她发脾气的时候，就说男人能一点儿脾气都没有吗？

"我啊，想一个人一把吉他，走遍世界，去探访那些民谣歌手，把他们的歌曲和歌曲的故事拍成纪录短片……我跟你说，我连获奖词都想好了，还幻想到那天我要穿什么衣服，是穿那种很性感的露背礼服还是穿我们自己的特色服装，穿旗袍的话我又没有胸……可以考虑汉服，我得把获奖词藏到袖子里，然后就可以开玩笑说中国的服饰就是这么方便……到时候我会顺便感谢你的，老公！

"Thanks for my husband，my son and my daughter，without them，my dream can translate into reality earlier…"她

举着酒杯开始胡言乱语。

喝醉之后英文果然比较流利，醉醺醺的还不忘幽默一下，这么可爱。

那天，她在路灯下摇摇晃晃，像个刚学会走路的小女孩。她搭着我的肩膀，跟我称兄道弟。

我也很高兴，她平时被我逼得要不就歇斯底里，要不就小心翼翼，很少这样自由自在，我也很久没有这样自由自在了。

"你要是个男生，我会很喜欢你的性格。"我说实话。

"你要是女生我理都不理你。"

"小时候，别人都说我是小美女！"

"但你脾气那么差，肯定没人受得了你哦！"

"等我变成糟老头儿了，脾气肯定更差，估计只有你受得了我。"我搂着她，真心承认。

"小美女，我啊，还有个理想。"她又来了。

"你说，老公看看有没有可能帮你实现。"

"我啊，希望世界和平，"她停下来，往我的肩膀上靠，"我希望人和人之间不再有歧视和偏见，我希望人不要利用人往上爬。以前我看过一个动画短片，那里面的人被别人当作地毯，别人从他身上踩过去；然后他也把别人当地毯，从别人身上践踏过去。就像我跟你一样，我们就是这样互相践踏，为了爱情，为了金钱。我，希望世界和平，也希望能和你和和平平的——我是不是要得太多了？"

我摸了摸她的脑袋，摇摇头，说："不多。不过宝贝，世界不可能和平，我们每个人只能用力往上爬，爬到顶层，这样就没人能把我们当作地毯。"

有句话说，穷乡僻壤出刁民。我不反对。

陈广白满脑子都是世界和平，她要去一个人一把吉他，环游世界，她总是跟我抱怨她写不出好的歌曲，我没有告诉她，那是因为她吃的苦不够多。我吃的苦比她要多，所以我比她要残忍。

第一次和陈广白牵手的那天，我失眠了。

那是我生平第一次为一个姑娘失眠，她好到让我觉得，她要是再好点儿，我就配不上她了。我躺在床上想，这个姑娘就是上天给我的一份礼物，也许我的人生会因为她的出现变得不同。

每当别人问起我们怎么认识的时候，她总是不厌其烦地，一次又一次说我们的相逢。

"就是发现你喜欢的人，正好也喜欢你，像奇迹一样。但是我们碰到了。"她说得有点儿羞涩，好像第一次见到我那样。

后来我们冷战，我理都不理她，她哭着质问我，难道以前的事，我一点儿都不记得了吗？

我说："你不要给我装可怜，我不想跟你说话。"

当然，我记得。

我记得那天刚刚下过一场暴雨，我们聚在张军的家里，陈广白推门进来的时候，那一瞬间，我好像看见了一位新娘。

她背着一把吉他，穿着长长的白裙子，头发那么漂亮，眼神里有隐约的胆怯和不安。

"来，介绍一下啊。"张军的女朋友把陈广白拉过来，不知道为什么一脸嫌弃地说，"这是我好朋友，陈广白，歌坛未来的巨星哈。没什么特点，就是人有点儿蠢，蠢一次别人觉得她可爱，蠢两次你们就会发现她是真的蠢。"

陈广白朝我们点点头，尴尬地笑了笑。

"歌手啊，久仰久仰，"张军说，"能让我们饱饱耳福不？"

"不不不，我一点儿都不出名，你别听于疏影乱说，我就是工作不忙的时候瞎唱。"她低着头，摆摆手，好像要找个桌底躲进去的初中女生。

"唱唱吧，"我提了提嗓子，故意把眼睛看向其他的地方，"都是越唱越好的。"

陈广白坐在那个散乱的客厅里，抱着她的吉他，非常爱惜地看着六根琴弦。

唱歌之前，她把她的一头长发盘了起来，她盘得很快，那些头发在她的手下很听话。后来我才知道，每次唱歌之前，她都要把自己的头发盘起来——她知道她的头发很好看，这是她最自信的地方，所以她不能让别人把注意力都集中在她的头发上，而忘记了她的歌声。

空气安静下来，她清了清嗓子，开始唱起歌来。

"……李郎一梦已过往 / 风流人儿如今在何方 / 从古到今呀说来慌 / 不过是情而已 / 这人间苦什么 / 怕不能遇见你 / 这世界有点儿假 / 可我莫名爱上她 / 黄粱一梦二十年哪 / 依旧是不懂爱也不懂情 / 写歌的人假正经啊 / 听歌的人最无情 / 牡丹亭外雨纷纷 / 谁是归人说不准 / 是归人啊你说分明 / 你把我心放哪儿……"

她弹下最后一个音符之后，我想我爱上了这位忽然走进门的新娘。

我们很快就在一起了。

陈广白说她第一次看见我就觉得很亲，让她想起她高中的地理老师。她说她高中的时候成绩不好，一开始地理也不好，后来来了一个很帅的地理老师，她就开始努力学习地理，每天发狠地做地理题，然后把不会的用各种颜色的笔标注下来去问地理老师。

那天在张军家，我正好带着我弟弟，他快高考了，我正在给他讲题。

她说，进门时，看到我的一刹那，她好像回到了高中时期。

我看见她，也觉得很亲切。每个男人看见美女都觉得亲切，当然我不能这么把实话告诉她，要不她的梦全都碎了。

后来，她在我的手机里看见了第一次见面那天，我偷偷拍下的她弹吉他的照片，就兴奋地有了那句："原来我喜欢的人也正好喜欢我啊。"

傻丫头，你这么好，不是遇到我，你可以爱上更好的人，他们也会爱你。没有人会不爱你。我说过，你和一位走进门的新娘一样美好。

我们那时候都还在上大学，第一次牵起陈广白的手的时候，她连看都不敢看我。她的眼睛总在躲闪，不敢好好看我一次。也不会接吻，乱七八糟地在我嘴巴里横冲直撞，差点儿咬断我的舌头。

她无辜地看着我，满是歉意。

"我教你，这次按我的方法来，好不好？"我捧着她的脸，好像她是一个刚刚出生的婴儿，做什么都是可爱的。

在人来人往的图书室里,我终于教会了她什么叫细水长流的吻。

我是个很自私，很小气的男人。

我不喜欢她那抛头露面的破电影工作，虽然她挣的也不算少。我讨厌她和那些玩音乐的朋友一起吃饭，想到她和别的男生在一起就很生气，但我从来不说。我恨不得永远戴着一副墨镜，这样她就不知道我内心在想什么。

我给不了她想要的生活，却还一直对她多加限制。我从来不愿意和她抱怨我的压抑，在她面前，我觉得我不能说，我不想让她觉得我没用。我情愿伤害她，对她冷漠，也不想让她觉得，其实面对生活，有时候，我和她一样，甚至比她还手足无措。

有一次，我们差点儿以为她怀孕了。

我不知道该怎么办，但是我不能让她知道我的无能。

"我要是有了小小王子天，怎么办哦？"她在电话那头问我。

"现在不是还不确定嘛。"我翻着手里的英语习题回答她。

"要是真的呢？"

我能听见她的心跳。

"生下来。"我合上书本，咬咬牙。

"你养？"

"我养。"

那天上午，我背着一包"早早孕"去找她。

我搂着她，点点她的鼻子，蹭了蹭上面涂抹的粉说："不是让你在我面前就不用化妆了吗？对皮肤又不好。"

"我想给你我最好的一面嘛。"

"看过你的身份证，还愿意娶你，已经是真爱了。"

"你的身份证也很乡村非主流好吗！"

"我本来就想做一个朴实的农民。"

"农民伯伯，那个……带了吗？"她紧张得像只老鼠，东张西望。

"老婆，跟你说过多少次了，做坏事的时候更要淡定，装作什么都没发生。"

"到底带了没有啊！"

"一包都是……"

我没想到问题才刚刚开始。

因为陈广白根本不会用验孕棒，她反反复复弄了好几回，然后忽然可怜兮兮地盯着我，说："老公……我用不好。"

不知道她这么笨，我娶她回家做什么。

"你给我。"

她把验孕棒递给我，眼巴巴的，像只仓鼠。

我说："我试下，你看，像这样，其实很简单，你看——"我把验孕棒举起来，给她看结果。"这个只有一道杠，就是阴性，说明我没有怀孕。"

她吃惊地看着我，然后在那里哈哈大笑，直不起腰来："我老公没怀孕！哈哈哈哈哈！我不用负责了！我老公没怀孕！"

结果当然是虚惊一场，陈广白也没有怀孕。

我们都松了一口气，把验孕棒丢到垃圾桶里。

我去卫生间洗澡的时候，就听见外面传来她的呼噜声。

紧张了这么久，她终于能睡个好觉了。

我收好剩下的验孕棒，喝了杯水，坐在床沿，看了会儿考研的书，然后看着灯光下熟睡的她。

她安静的时候真的很漂亮。我凑近她，偷偷亲了她一口，贴在她耳边说我爱她。

那时候我也很傻，只想永远守着她，和她一起经历风霜雨雪，品尝酸甜苦辣。我不敢奢望一辈子的爱情，但我希望能有个陪我到老的女人。我希望她是那个女人。

等到九十岁了，我们就一起去跳海。

我关了最后一盏灯，从背后抱着她，觉得很温暖。

如果她能一直安安静静的就好了，我也不会烦她。但我真的不知道，她怎么有那么多话说，一会儿都消停不了。

想冷静一会儿吧，她就不停地打电话、发短信，质问我怎么这么狠心，怎么对她这么不好。

我对你不好，你去找对你好的人就是了，还跟着我干什么？

陈广白一说能说几个钟头，有一次，她在那里骂我，我闭着眼睛，不回答。等我醒过来，发现她还坐在那里说，喋喋不休。
她都不口渴吗？

真拿她没办法。

"你到底为什么还要联系她？"她见我醒了，狠狠地质问我。
"是她找我的。"
"我不是让你拉黑她吗？"
"你能不能不要老是翻看我手机？"
"你跟我保证过，不再联系她的。"
"陈广白，你到底有完没完？我跟你说，周雪她现在就算脱
光了站在我面前，我也不会做任何事情。"
"你有这种定力？"她冷笑。
"一天到晚都是这件事，你到底闹够了没有？我不就是跟她
上了一次床？你非要拿这个事情折磨我一辈子吗？"
"你答应我，不能再联系她，一次都不可以。让她从我们的
生活中彻底消失，要不，我永远觉得这个床上多了一个人。"
"你作得差不多了吧？能不能消停会儿？"

为了周雪的事，我们争吵了很久，很久。
周雪是我的前女友，那时候我们分手了，她知道我和陈广白
在一起了，过来闹过一次。我错过，也不可能回头，我无话可说。
"只有我哪一天变成周雪，和别人在一起了，你才会觉得我
有多好。"陈广白起身，恶狠狠地盘起头发，背起她的吉他，看
都没有看我，打开门，离开了。

她硬不了几天，她永远都是投降的那个。
那时候我们还在上学，投降的她就拎着小水果或者小蛋糕来

到实验室，把吃的东西放在电脑旁边。

我不说话，盯着电脑屏幕打游戏，故意和别人交谈，当作没看见她。

她倒好，就一个人找了台电脑，问我兄弟要了电脑的密码，一个人边吃东西边看起了电视，还把买来的吃的分给了实验室的兄弟们——就是没有我的。

然后我发现我的电脑旁边，不知道什么时候多了桃子和蛋糕。

我咬了一口桃子，接着打游戏。

陈广白从很远的一台电脑后面探了探脑袋，看到我吃了桃子，就赶紧把脑袋缩回去。像只地鼠。

送她回家的路上，她没怎么说话，就乖乖地从后面抱着我。

我踩着自行车，路坑坑洼洼的，颠到她的时候，她会抓我抓得更紧。那时候，每次带她出去吃饭，结束的时候，她都高高兴兴地跟别人说："我们有车！"

夜晚的风很舒服，很多事，我们都没有再提。

"老公——"她叫我。

"嗯？"

她剥了一颗糖，塞到我的嘴巴里。

陈广白知道我喜欢吃糖，就买了很多很多糖给我。我告诉过她，就是因为我喜欢吃糖，所以才不能多吃，但是她不听，还是给我买了各种各样的糖。

"老公，"她软软地抱着我，"我不想环游世界，也不想获奥斯卡了。"

"那你想要什么？"

"我想和你有个家——这样无论我们争吵得有多凶，也不会离开对方。每天晚上睡前最后都能看见你，早上醒来睁开眼，也能第一个见到你。然后日日夜夜，直到我们都死去。

"我想和你有个家，这是我最大的梦想。"

我不能告诉她我哭了，我只想让这夜晚的风，把我所有的泪水都吹回眼眶。

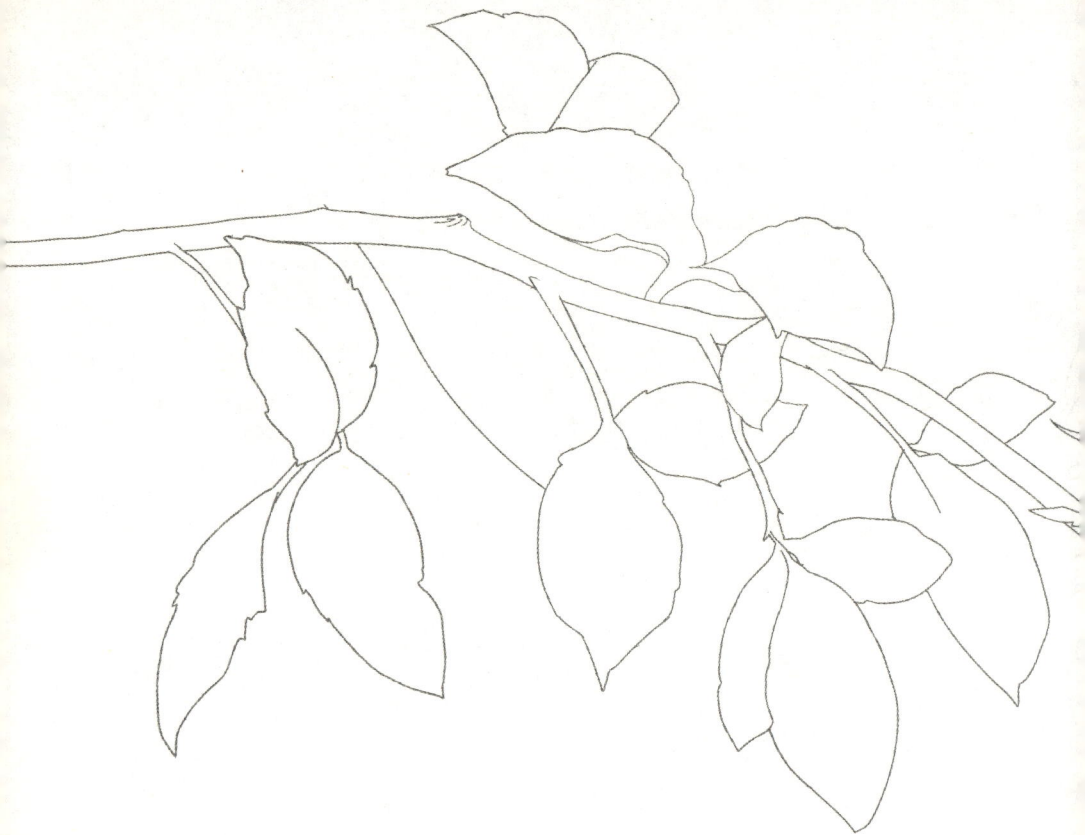

Chapter 03

　　人这种动物，自己幸福了的话，就会宽容不纠缠。自己不幸福的话，也宁愿别人不幸福，一起卷到旋涡里好了，大不了把彼此当作葬身之地。所以后来，我渐渐觉得幸福是个很可怕的东西，它跟欲望、金钱、地位和安全感没有什么不同。

　　大学的时候，王子天曾经破解过一个赛车游戏，游戏的名字我记不得了，大概就是很多赛车手在五光十色的跑道上追逐，不断地靠砸人民币升级车子的设备，然后冲撞别人，抵达终点，获得胜利。

　　"这个游戏只有高富帅玩得起，"我们坐在一辆夜间的巴士上，陪我逛街他总是觉得无聊，现在终于可以打一局游戏了，"我破解了它，就可以一分钱不用花。"

　　我看着他手指飞速地点着金币，提升了车子的设备，然后一往无前地冲向终点，就像《速度与激情》那部电影一样，一路遇神杀神，遇佛杀佛。

　　末班车不知道为什么还会有这么多人，我靠着他的肩膀，看着他的车子一直往终点冲。

我看不下去《速度与激情》，也不知道它为什么有那么高的票房。于疏影带我去看，没到二十分钟我就受不了，摇醒了旁边已经睡着的于疏影，两个人跌跌撞撞走出满场的电影院。

"我不明白为什么有这么多人喜欢这部电影，是不是我的审美有问题？"说实话，我宁愿靠在王子天的肩膀上看他打很多丑陋怪兽聚集的游戏，或者那个赛车游戏，也不想花三十八块钱看一场这样的电影，至少他打游戏的时间还短点儿。

"这个，就是男人的童话故事，男人世界的《灰姑娘》。他们看到那些赛车和美女，出生入死的兄弟和极限的速度，就像我们看到灰姑娘那件镶满钻石的公主裙和独家定制的水晶鞋一样兴奋。这么说，你明白了不？"于疏影打着哈欠解释。

不愧是作家。

关上电脑，我不知道我在想什么，想到最后，我只能说，是我没做好。

大概半个月前，我们开始冷战的那段时间，王子天给我看过他和这个姑娘的合影。

一到吵架，我就比任何人都要歇斯底里、要死不活，不知节制和忍耐。

"你是不是有其他人了？你要不要脸？"

"是。"

他很快就发来一张和别的女生的合照。虽然没有勾肩搭背，但王子天也是微笑地站在她的身旁，背着一个我没见过的双肩包。

"她叫什么？"我抑制住内心的愤怒。

"邓媛媛。"

"怎么认识的？"

"实习的学妹。"

"真丑。"她要是范冰冰，我就是林青霞。

"胸大就行。"

"你背的那个背包不是你的。"

"我看她背得太重，就给她背了。"

"怎么穿得跟演戏一样。"照片里的姑娘坐在那里，穿着一身蒙古族的衣服，脸上化着我不想评价的妆，应该是在拍艺术照。

"我看她比较听话，就陪她去拍艺术照，陪她逛街买衣服了。"他得意扬扬。

之前，我让王子天帮我挑选电脑，他选了几个性价比比较高的笔记本电脑给我参考，但听我最终还是决定买苹果电脑后（没有什么别的原因，就是觉得白色很好看，摸起来很舒服），他嘲笑说："你要买苹果？"

"白色的好看嘛。我就拿来打打字，写写歌。"

"你还打算拿它来打字？我敢打赌你到时候拿到电脑会哭，你连鼠标都找不到在哪里。"

确实，这套系统所有的操作和 Windows 系统都是反着来的。确实，我想打个字连个 Word 都找不到，所以我四处求救——要不是小学同桌小胖给我发来了 Word for Mac 的网盘链接，有些事情我可能一辈子都不知道。

那会儿，我一边犹豫着我根本没有百度网盘这种东西，是不是要注册一个，一边点下了保存键，没想到，新世界的大门就这样打开了。

这是王子天的百度网盘，我走进去，像走进一个心脏。

王子天是个井井有条到处女座的人，热衷于一切分类分组。多亏了他的这一优点，我才能清清楚楚看见他都是如何将自己的生活分门别类的。

"我和小三"隶属于"满满的回忆"的文件夹。与此同时，这个文件夹里还有个叫"宝贝"的文件夹，里面装的是我的照片，以及我们的合影。

它们就这样并排列在一起，触目惊心的讽刺。

那几天我的内心当然是崩溃的，表面上除了跑影城联络关系，或者在迷宫唱歌，剩下的时间就是喝酒，在家喝，出门喝酒，有人陪喝，一个人也喝，哪里有酒哪里醉。

我想起了王子天第一次出轨。

那一次出轨，就像一个响亮的巴掌，打在我感觉我是这个世界上最幸福的人的时候。我瘫在地上，爬都爬不起来。

请允许我打开窗户，吸口气，正视一下我的过去。

我们在一起一个多月的时候，王子天的前女友周雪来过一次。那时我应该算得上天真无邪，或者换个说法，愚蠢透顶。

王子天那几天总是频繁地去图书馆外头接电话，他接电话的时候总是沉默，什么话都不说，电话那头有个女生，一直在哭。

他坦白地告诉我，这是他前女友。还开玩笑地说，她是你二姐姐，你大姐姐叫杨丽，已经快嫁人了。

我笑嘻嘻地玩着电脑，说只要你跟她说清楚就行。

我跟王子天相识的那个夏天，其实他才刚刚失恋不久，我甚至觉得可能他在遇见我的前一天晚上还在和周雪联系，要不周雪也不会过来闹得那么厉害。

那一年我们俩都要毕业了。开始的时候，他放弃了保研的资格。因为那时他还和周雪在一起，不能再异地恋下去了，就准备考北京的研究生。一场恋情决定了你一段时间的人生方向。年轻的时候，我们总是觉得，去哪里都可以，只要和喜欢的人在一起。所以我决定，他不改志愿的话，我就和他一起去北京。小时候，我就觉得北京是个好地方，我要带着我的吉他去那里，就算睡地下室睡公园，也一定很开心。何况现在我还有王子天，爱情和梦想能同时拥有，老天真是眷顾我。

我把我的这种"一起去北京就很棒"的幸福感受分享给于疏影的时候，她只回了我两个字：呵呵。

"爸，我想考中央音乐学院的研究生。"我一边和王子天发着信息，一边和浇花的爸爸说。

"啊？"爸爸放下手里的喷壶，扶了扶眼镜，说，"留在水城也挺好的啊，怎么忽然要去那么远的地方？"

"就想出去……看看外面的世界。"我发信息问王子天起床没有，打算告诉他我决定和他一起去北京的事，能随时和一个人分享自己的状态是一件幸福的事。他不在身边的时候，我就像独自一人坐在前往未来的火车上，与他联系着，我就会特别安心。

当然那时候我还想象不到，有一天他会对这种睡前醒后的牵挂感到厌烦，认为它们是"没有意义的甜言蜜语"，然后牵起别的姑娘的手，把他们新鲜的爱情安放在一个叫"我和小三"的文件夹里。

"也好。得让你妈宽心，她肯定舍不得你。"

"我也不想总是待在一个地方嘛。"

王子天的信息发过来，他说："宝贝，你二姐姐来了，她一定要我带她来天鹅湖，这里都是蚊子，痒死了。"

"啊，她怎么来了？"我一惊。

"早上我刚来学校自习，就看见她坐在图书馆的沙发上。"

"哦哦。"那时王子天说什么在我眼里都是可爱的，我甚至能想象出来，他蹲在天鹅湖边上，皱着眉头打蚊子的样子，像个懊恼的幼儿园小孩儿。

"宝贝，我很快就回来啊。"

"嗯嗯。我相信老公的。"

"谢谢你对我的信任，宝贝。"

我打了个笑脸回过去，脸上也是藏不住的笑容。

爸爸拿起喷壶，摇摇头，继续浇他的花花草草，他说："女儿大了，做父母的，也管不了你那么宽。"

那一天王子天都在认真地向我报告他的行踪，其间还打了几次电话过来。

到了黄昏，他约我见面。他从远处跑过来，看见我之后，狠狠把我抱住，抱了好久才松开。

他的眼睛通红通红的，像个被人抢了玩具的小男孩。

"老婆，"他用脸贴着我，"她一直让我吃菜，不吃完不准走。"

"没事了。"我安慰他。

"我再也不见她了。"

"嗯。"

"我去把耳机送还给她就没事了。你等着我好不好？"

"嗯。"

晚上七点多钟的时候，我在宾馆楼下等着王子天。

五分钟。十分钟。十五分钟的时候，我给于疏影打了个电话。

"你是傻×吗？"她在那一头冲着我喊叫。

"现在赶紧上去。或者就回去，再也不见他。"她在电话里厉声命令，好像我是这个世界上唯一一个不知道事情严重性的人。

我问前台："请问有没有一位叫周雪的客人？她在几号房间？"

"我给您查一下。43008。"

上楼，我顺着那个走廊一直往前走，站在 43008 的门口，犹豫之后，我还是按响了门铃，我不知道我是在引爆一个炸弹。

王子天打开门，看见我，很快要把门关上。周雪死命地要打开门让我进去。

我傻傻地站在那里，不知道发生了什么。

过了几秒，王子天从里面出来关上门，拉上我就走，一句话都没有。

他身上有一股很强硬的力量，好像要拉我离开地狱，义不容辞。

那时候我还很开心，因为那段日子只要和他在一起我都会开心，刚刚恋爱的人都跟中了魔咒一样傻乐。他把我小小的挎包从背上拿过去，背在自己身上。已经到了夏末，他还穿着我给他买的那件灰色 T 恤，我已经换上了有点儿厚的裙子。我们肩并肩，走在昏黄路灯下，从背影看一定是个幸福的故事。

从背后一直看着我们的，是周雪。

她一路跟着我们，渐渐跟上来，我这才看清她的样子。她戴着眼镜，个子不是很高，白白净净的，有点儿胖，看起来是个很乖的普通女孩，不像王子天说的那么恐怖。

她就这样死死地盯着我们。

我停下来，那时候，我真的是发自内心地和她说了那句话，虽然后来我觉得自己就像于疏影说的，是个不折不扣的傻 ×。但是在路灯下，我看见她一个人，穿着一条彩虹色的纱裙，死死地盯着往昔的恋人的时候，我还是对她说："姑娘，你现在还很年轻，不要想不开，对自己要好一点儿。"

当时我是诚恳的。

"你在说我们两个中的谁？"她一句话噎得我说不出话来。

王子天在一旁沉默，他拽着我要离开。

"你就不想知道，他为什么那么不想让你见到我吗？"周雪冷冷地说。

"你就不想知道上午他和我都做了什么吗？"我感到虽然她很矮，但正在高高在上地看着我，像是看着一只蚂蚁。

我蒙了，手都在颤抖。

"我告诉你王子天，就算我不能跟你在一块儿，我也不会让你和这个小婊子在一起的！"她的气焰很高，但其实都是因为吃了苦而说的气话。后来周雪找了新的男朋友，过得很幸福。再后来她跟我说，她的新男朋友对她很好，想起来，真应该感谢王子天那个时候离开了她。

人这种动物，自己幸福了的话，就会宽容不纠缠。自己不幸福的话，也宁愿别人不幸福，一起卷到旋涡里好了，大不了把彼此当作葬身之地。所以后来，我渐渐觉得幸福是个很可怕的东西，它跟欲望、金钱、地位和安全感没有什么不同。

然后我经历了我人生中最痛苦的事情之一，虽然只有几秒钟，但我记得那份痛苦。

我难以忘记在那个人来人往的路口，周雪指着我，冷冷地吼了一句："你知道他亲你的嘴，都为我做过些什么吗？"

然后她像个胜利者一样，转身离开，走得迅速。

周围人来人往，车水马龙。

王子天还是默然地站在那里，一动不动。

我就那么坍塌下来，粉身碎骨地坠在马路牙子上，彻彻底底，死了一回。

而此刻，我反反复复地看着这个"我和小三"的文件夹，那种死了一回的感觉又来了。王子天的笑脸像刀子一样戳着我的眼睛，我才明白，我是死过，可我从来没能活过来。

而这么久过去了，我一点儿进步也没有。

半夜，我出现在于疏影家的门口。

她披着她的轻松熊毯子打开门，看到是我，招呼都没打，就转身进去。

我像是一条被她放进家门的流浪狗。她的眼睛只睁开了一条线，拿起摇酒壶给我调酒。

"是不是哪天我进到坟墓里了，你也要把我拖出来，让我死不瞑目？"她看都没看我一眼，专注地往调好的酒上撒好玫瑰花瓣。

"这是什么新品种？"

"我愿意。"

"啥？"

"这酒的名字叫'我愿意'，一杯下肚，保你无欲无求。钟鼓馔玉不足贵，但愿长醉不复醒。更何况你那些小情小爱。"

我喝了一口，惊为天人地好喝。

"什么成分？"

"伏特加、桂花酿、特制米酒——加我的爱。"于疏影自己陶醉地喝起来。她是个资深酒鬼，有段时间，为了回归社会（因为没有钱花了），她开始起早摸黑地去银行上班，顺便体验生活（把欠的房租和信用卡给还了）。她的床前就是酒杯，每天出门上班前她都要喝杯酒，按她的话说，这样她才能勉强带着镜子里那个女骗子出门。

成为一个正常的社会人，对于一个作家来说太困难了，在上了一个月班之后，基本上没有人愿意去于疏影的窗口办理业务，除了一个八十多岁聋了一边耳朵的老太太。

"因为我骂她，她也听不见。"

于疏影这么和我解释。她在银行上班的时候总是弄错账目，今天丢个一千，明天弄错个一万，脾气也变得非常火暴，隔三岔五就和客户吵架。有一次，一个男的气得站起来，说："妈的，我要投诉你！怎么会有你这种柜员！笨手笨脚的还敢跟客户叫板！你说就你这样的能干点儿什么！连个台都不会坐！"

于疏影当时就火了，腾地从座位上站起来，说："你说谁坐台呢！"

男客户说："就说你坐台！浪费老子一上午时间，存个钱都存不好。我要跟你们领导投诉你！"

于疏影冷笑一声，打开柜台后面的门，指了指前面一个西装革履的男人，对男客户说："那就是我们领导，你去，你快去投诉我！你不去投诉我，我都看不起你！你快去啊！"

男客户彻底傻了。

那之后于疏影就辞职了，就这样，还不是被银行辞退，是她自己辞退银行的。我要是能活得像她那么任性，也就不会纠结和王子天的破事了。

我从背包里拿出电脑，把从王子天网盘里下载的照片递给于疏影看。

"这女的谁？"

"他新欢。放照片的文件夹还特地取了个名字，叫'我和小三'。"

"我 ×，"于疏影忽然清醒了，"能不能不要侮辱小三，小三至少也要长成我这样，看起来是一朵纯洁的白莲花。这都是什么？他也真下得去手。"

我发誓我不是故意挑选难看的照片。照片上的媛媛姑娘穿着一件黄色的风衣，站在白色的花丛中，举起了两个剪刀手，摆在脸蛋旁。

"我懂。你说的是这个衣服太……"于疏影这种文艺婊总是穿得和道姑一样，黑色灰色白色，披一头黑色长发，背个简约的挎包，艳光四射性冷淡，自然不喜欢这种正式的服装。

"人丑也不能怪衣服。"

"你不要为了让我开心，故意贬低人家。"

"我也是有正常审美的好吗！诚实地说，这衣服，她这个脸穿就是屎色。好看的穿就是一抹清新的鹅黄。"

我把电脑推给她，她的酒已经醒了，开始睁大眼睛点击鼠标，看下面的照片。

"陈广白，我要打死你，这么大脸吓到我了你知道吗？"翻到一张自拍的时候，她迅速把照片滑过去。

"美颜模式都救不了她，那她就真的没救了。"她利落地点击了图片的"显示简介"，看着简介里的设备制造商后面写着"meitu"，摇了摇头，"等下，这女的是盲人？如果是盲人我就不说了，我不忍心。"

"我该怎么办？"

"这些照片，你都是从哪儿看到的？"她反问我。

"他的百度网盘。百度网盘有个百度云的功能，会把手机里拍摄的照片上传到云端。"

"你也够可以的。算了吧，都弄成这样了还继续，没意思了。他配不上你。就让他和大胸媛媛在一起呗。我给你介绍那么多小哥，就没看上的？哪一个不比他好？"

为了帮我摆脱王子天的阴影，于疏影一直努力给我介绍别人，带我和他们一起吃饭，但我满脑子都是王子天此刻在干什么。

"我就想跟他放下成见，好好过日子。"这是一个天秤座的真实想法。

于疏影摇了摇头，把花酒推到我面前，说："猪都能回头，就你还傻不拉唧的。说多了也没用。你们一个愿打，一个愿挨。

喝了它，好好睡一觉。"

外头开始下起雨来，狂风嗷嗷乱叫。

在酒精里，我睡得很沉，感觉自己的身体，就像一片被暴雨碾压的落叶。

第二天清晨，我迷迷糊糊地醒过来。

于疏影背对着我，坐在桌前，对着电脑敲打着什么。

她听到我起来的动静，"哗啦"一声把窗帘拉开，外面艳阳灿烂，刺眼到恐怖的地步。

疏影家住在一楼，有个小庭院。不过她的庭院比她的房间还要乱，只有在拍文艺照片上传微博的时候，她才会勉为其难打扫一下，好整理出一个岁月静好的角落。

我走出门，站在院子里，环视四周，看着那些被雨水滋润得翠绿发亮的植物发呆。

跟她家乱糟糟的院子相比，隔壁的庭院要整齐干净一百倍。

我看见一个穿着宽大睡衣的女人，在院子里埋头扫地。她的头发油腻地贴在脸上，眼神黯淡无光，好像一年四季都是那么疲惫。

打扫完庭院以后，她拎着篮子出去买菜，头还是埋着，油腻的头发也没扎起来，背有点儿驼。

她带上院子门的时候，我才看见门后挂着许多简笔画，有的画着一家四口，看样子是她孩子画的。

"她一年到头基本上都是这个样子。"于疏影忽然出现在我身后。

"她有一所不大的房子，还带着院子。你不也说过，你想要的只是这样一所足够一家人住在一起的小房子？可就是这样一座小房子，每天光打扫就耗去她大半的时间。她的丈夫每天很晚回来，有时候加班，有时候应酬。更多时候不回来，去外地出差。当然你最好不要以为她丈夫真的这么忙，男人很难讲的。她是外地人，年轻的时候为了和他成家，留在这个陌生的城市。要是展开的话，这得是个可歌可泣的爱情故事。

"她的两个孩子很可爱，都是男孩。一个叫绵绵，一个叫羊羊，两人差两岁。前几年，她还工作，有了羊羊之后，忙不过来，就不工作了。

"你别看她现在普普通通的，其实她很漂亮。现在有点儿胖了，有了肚子，前几年，她是一名舞蹈老师，教芭蕾的。很多人慕名上她的课。

"每一天，她都认真地打扫这个庭院，连地上一根头发都不放过。认真到她都不抬头看看天上的彩虹。不过，你可以说，她得到了比天上的彩虹更宝贵的东西。

"陈广白，这就是你一直朝思暮想想要的家。你看到了吧，这就是你想要的生活。你确定你要得起这种生活吗？"

我一时语塞。

"而且，事情可没你想的那么轻松。你进来，我给你看看，你爱的人到底是怎么践踏你的感情的。"她拍了拍我的肩膀，稳住我一颤的身体。

Chapter 04

认识十年，不如一起做一件坏事。

王子天

那天晚上，水城的一个朋友给我打了个电话，他在电话那头，先沉默了会儿。

"王哥，你回来没？"他问我。

"没有。"我处理着该死的数据回答他。

"今天我看见你老婆了。"

"嗯。"我已经好几天没理她。谁让她总是气我。

"刚刚，就刚刚，我好像看见她上了一个男人的车，那男的下来给她开的车门。"

我从椅子上站起来，手在发抖。

我冷静下来，压住内心的怒火，打开窗户，慢慢说："你把你看到的事，清清楚楚跟我说一次。"

其实我没有资格指责她。

我出过轨。

人和野兽没有什么区别，或者说，有时候我是个跟野兽没什么区别的人。这个野兽和别的动物不一样，他念过书，认过字，在他的脑子里，有一个自动清除他做过的错事的系统。他会下意识地去忘记很多包袱，这样才能更高速地前进，更有效率地在人生这条阶梯上攀爬。

周雪也是我下意识遗忘的一部分。

我和周雪是高中同学。她从高中的时候就开始暗恋我。后来跟我说，她以前每天都写很长的日记，想到我，就会哭。

人家说，认识十年，不如一起做一件坏事。

我拉周雪一起做过一件坏事。

在我们那个地方，每年到高考的时候，本省大学的学生就会被禁止出校门。我们是个高考大省，这是为了杜绝代考现象。但有需求的地方，就有市场。越是穷困的地方，渴望出人头地的就越多。

这个产业链和所有地下交易的产业链没有什么不同。金钱和欲望。望子成龙和光宗耀祖。

我一个姨的女儿，平时成绩还不错，一上战场就紧张。

高考之前还得了抑郁症，茶饭不思，最后哭闹说，自己不考了。什么抑郁症，其实就是惯得矫情。

姨很有钱，至少在我们家这块算不错的。她前些年投资了房地产，赚了一笔，总是开玩笑说，等我结婚了，在县城送我一套房子。不过后来我真谈恋爱了，她也没提这个事。

考试一天天逼近，姨很闹心，就找了我，让我找个口风紧靠谱儿的人，帮女儿代考，给六万块。

周雪那时候在北京上学，不用像本地的大学生那样，高考那几天还被监禁在校园内，她来去自由。

六万块对于那时的我们，不是个小数目。

周雪家里有三个女儿，她爸爸是个普通的基层公务员，妈妈退休后在幼儿园给学校烧饭。她是老大，是家里最懂事的，经常给两个妹妹零花钱。

所以我几乎没怎么劝，她就同意了。

我陪着她一起提前一个月复习，不停地缓解她内心的害怕，让她不要紧张。她是个女孩子，想挣钱，又没做过错事。

当她惶恐不安的时候，我只能告诉她，她不是第一个替考的。

最后，周雪帮姨的女儿考上了本省一个一本。他们再花钱，找人让她上了那个学校最好的医学专业。

作为回报，周雪拿到了她的六万块钱，然后很快把这笔钱给了她妈妈。她是个孝顺的女儿，最大的理想就是以后能回那个小地方，照顾父母和家人。

"现在 × 城一个停车位都要六万块呢！对我这种以后打算回家乡的人来说，压力可大了！"那时候她边翻着一本金庸小说，边瞪着眼夸张地和我说。

姨为了感谢我，送给我一套名牌运动服和运动鞋。后来时间久了，它们都被我穿得破破烂烂，扔到垃圾桶里。

也许多年后，我们都觉得这六万块和那一套运动服毫无价值，但在当时，它们却很宝贝。

想起来有些讽刺。

事情结束以后，我一直努力忘记这件事。再后来，过了好几年，有一天，陈广白靠在我的怀里，看一档新闻，正好播放着考生代考的事。

那个帮忙代考的男生，坐在镜头前，说他认识到了错误。他说学校可以处分他，但是不要告诉他还在生病的爷爷。爷爷会很生气。

陈广白拽了拽我，吃惊地说："老公，他真的做得不对。他没有意识到，他这样做，改变的不仅仅是一个人的命运。如果他代考成功了，他帮忙代考的那个学生就会考上一所很好的大学。那个学生之后的整个人生都会因此不同。

"但同时天平的那一头，也会有一个人失去上大学的机会，失去本来他应该得到的东西。整个社会的公平竞争机制就被打破了。"

我揉了揉她的头发，看着她闪亮的眼睛，告诉她："宝贝，这个社会本来就没有什么公平竞争机制。你要少看点儿小说，它们对生活毫无帮助。"

这是我不愿提起的往事。

还有一件我更不愿提起的事——除了我的父母、姐姐、妹妹、帮助我的一个人，还有周雪之外，没有人知道。

那时周雪站在我面前，眼睛像刀子一样扎到我身上。

她冷笑一声，从一只温软乖巧的绵羊变成一只毒蝎子，轻蔑地看着我说："你可以不和我在一块儿，但你也不能跟那个贱人在一起。"

"你再骂一句试试。"

"哟，现在就这么护着她了？"

"你不要再给我搞事了。"

"她太小了。九五年的？"

"九三年。"

"她不适合你。根本不会照顾人。"

"我照顾她。"

"你自己还是个孩子。"

"我要娶她的！"

"别开玩笑了。你适合找个比你大的。"

"你回去吧。不要乱来了。我跟你真的没有任何可能了。"

"我要打电话给你爸妈，我这儿可还有你的不雅视频，把它发给你的同学和领导，看你怎么活！"

"你要不要脸？"

"对，你的爸妈当然站在你这边。那些色情的东西，大家看了也就一笑而过，你又不是功成名就，根本就不足以让你身败名裂，但是有一件事——"她走近我，拽着我的领子，"有一件事，如果我揭发你，宝贝，你这辈子，也就没那么容易翻身了。所以，你到底是要娶那个婊子，还是带我上楼，好好给你老婆我泡杯茶，安慰一下我这一路从北京赶来的舟车劳顿？"

那一刻，我想杀了她。

所有女人都是演员。上一秒她还恨不得拿刀捅了我，进屋以后，她又开始沉默哭泣，可怜兮兮。

我也沉默。

她背过去，揉了揉通红的眼睛，说："王子天，你把窗帘拉上，太刺眼了。"

在我拉窗帘的时候，她从背后抱住我。她身上的味道贴着我。

"我没办法失去你。"她的眼泪掉下来。

"这是分手的，我不负责的。"当她躺在我身下的时候，我厚颜无耻地说了这句话。

她的眼光里都是恨，但她没有拒绝我。

不记得哪本书里说的，很多女人天性里就是喜欢被命令。要不也不会有那么多偶像剧里出现那么多霸道的男主角。不过他们都很有钱。我没钱，但是我足够无耻。

陈广白的信息发到我的手机上的时候，我刚刚洗完澡，这个澡我洗了很长时间，自以为这样就能把自己洗干净。

我做了件很错的事。所以我发信息告诉广白：宝贝，我很快就回来啊。

"嗯嗯。我相信老公的。"我都能想象出她在手机那一头傻傻点头，笑嘻嘻地按着键盘的样子。

我真该死。

我不能再错下去了。我打开门要走。

"王子天！你要是敢离开这个房间，我就告诉所有人，你是个从二流大学逃出来，重新考上现在这个高等学府的骗子。你再走一步试试看。"

周雪的声音高高在上，好像我是一只能被她捏死的蚂蚁。

"你是不是想毁了我？"我问她。

"毁了你的，是你自己。王子天，从这一刻起，你已经回不了头了。没错，我不能跟你白头偕老了，但那个贱人也会和你一直受这件事的折磨。我要让她痛苦一辈子。让她看清她爱的男人是一只怎样的臭虫。让她以后每一次和你上床的时候都感到彻底的肮脏，每一次心里都充满痛苦和憎恨，我还要让她觉得自己肮脏，自己憎恨自己……"

我一个巴掌重重地打了下去。周雪不可置信地看着我。

这是我这辈子唯一一次打女人。

那个巴掌我打得一点儿都不后悔。我唯一后悔的，就是没有打重一点儿。

我极力想要忘记的事，就是那个夏天，陪着周雪一起复习的我，也在复习高考。

可那时候我已经是一个大一的学生了。我在我们那个地方最好的大学，但放到全国，就是个屁。

　　那一年的大学生活，我过得很不开心。那是个很愚蠢的学校，虽然一个冬天里有十个女生给我织了十六条围巾，我也一点儿都开心不起来。我不知道一次考试失误，就要来这种地方。

　　一天又一天，我知道那个念头越来越强烈——我要逃走。

　　其实有这样的念头，不愿意被埋没的人有很多，但很少有真去做的。

　　高中时，我们那个班是全县最好的班级，不少当官经商的人的孩子都在我们那儿念书。

　　有个哥们儿的父亲，在我们那儿算是个有头有脸的人物，能管到这一块。

　　我就经常给那个哥们儿讲题。因为问我题的人很多，给他讲题的时候，我就耐心点儿，有时候还换好几种方法花式解题给他看，久而久之，他就成了我的脑残粉。

　　没多久，他就带我去他家吃饭。他父亲很赏识我，也是个很有想法的人，教了我很多东西。他没有刻意说在教我什么，只是他的举手投足，以及说的每一句话，喝的每一杯酒，都在告诉我，这个世界是怎么运转的。

　　所以在 × 大上了不到一年学之后，我去找了他爸爸。

　　"叔，我在这儿上学上得很不开心。"我坦白。

　　办公室里，他双手撑着下巴，透过眼镜看着我，没有说话。

　　"你回去吧。"他淡淡地说。

　　我在心里叹了口气。

　　"出了门，你要记得，你今天没有来这间办公室见我。你明白我的意思吗？"

　　他的声音波澜不惊。

　　我惊讶地点点头。

"如果我儿子能有你一半的聪明和胆识就好了。"我听见他在叹气。

我那个哥们儿，那时由于成绩不行，被送去国外学饮食健康，每天都在朋友圈分享一些如何吃、怎么吃才最健康的帖子——只有中年主妇才会分享的帖子。

叔对我的目光有赞赏。虽然他知道我在做一件危险的事。

我朝他点点头，没说一个字。心里，我记得，他是我一辈子的恩人。

叔替我打通了一切我需要打通的地方，没要我一分钱。

我要做的，就是用那一个月，复习那些高考知识。多数时候，我还要帮周雪复习，让她回忆起来什么是重点。因为姨把希望都寄托在我的身上。

最后我考了我们县的状元。很多科目都是满分。

有人花二十万元买我的成绩。

我拒绝了。

于是我悄无声息地离开了 × 大，再也没有回去过。从那里彻底蒸发。

我来到了水城，来到了这里在全国有名的高等学府。

再后来我认识了陈广白，觉得自己应该是这个世界上最幸运的人。

只不过我的幸运来得一点儿都不光彩。

我，比任何人都害怕失败，所以才拼命逃离那个不能让我光宗耀祖的地方。

人都试图理直气壮地活着，可周雪就站在我面前，推倒了我所有的理直气壮。

门外响起了敲门声。

陈广白就在门的那一头，对一切一无所知。

我知道我要完了。

周雪的诅咒灵验了。她就像童话故事里那些诅咒公主的巫婆，她毁了我，毁了陈广白，毁了一切的甜蜜温馨和甜美幻觉。

她丢下最后那一句恶毒的咒语，告诉陈广白，我亲陈广白的嘴是一张什么样的嘴之后，就离开了。

我的陈广白灵魂都被抽走了，眼神空洞地瘫坐在地上。

"你……骗我。"她努力吐出几个字，证明自己还有说话的能力。可她的眼睛已经不再看我。

"你还说你没有过，你说你只有过我……"她像个小孩子一样哭起来。

"我没有说。只是你那么认为的时候，我没有解释。"我厚颜无耻地狡辩。

"你……骗我。"她好像只会说这一句话了。

"我并没有说假话，只是隐藏了真话而已。"我提醒她。

她低着头。

我想要抱她，她猛地站起来，躲开，把她松散的包里所有的东西砸向我，手机、钱包、钥匙链……

好像我是古装剧里那种被押送到刑场的犯人，她要砸死我这个肮脏的犯人。

然后她就开始跑，跑离我的视线，留我一个人在原地收拾东西。

那天晚上，我找遍了整个水城每个她可能去的地方，来来回回走到崩溃，都没有找到陈广白。

最后的最后，我才在大学校园的篮球场旁找到了她。

那是第一次见面后，我带她去的地方。那是一年最热的时候，我们买了很多冰棒和饮料，坐在篮球场旁的木凳上，从黄昏坐到夜晚，从看操场上的人打球到大家都散去。

现在，她一个人蜷坐在那个长长的木凳上，好像是落在凳子上的一片白纸。

我看见她点了一根烟，也不知道她从哪里买的。

她在那里一边咳嗽，一边用力地吸烟。像个无家可归的流浪汉。

我不知道要说什么，我不愿意去回想当时的情景。

那时候，我远远地看着她，心疼得滴血。

可我努力镇定，冰冷地走上前去，拿走了她手上的一盒烟，也拿走了她手上没抽完的那一根。

我点燃了打火机，一把烧光了这些烟。

"我就算心情再差，也不会主动去喝酒。长这么大，我从来不会因为什么打击，去做伤害自己的事情。"

我忍着眼泪教训在那里流泪的她。然后我把那些烧得差不多的烟草熄灭，丢到一旁的垃圾桶里。

"你这个畜生。"她抬起埋着的头，扬起手，恶狠狠地打了我一巴掌。

"你给我滚。"她的眼神里没有任何波澜。

"老婆——"我哭了。

"你老婆已经死了。"

"老婆。"我走上前，不管她怎么反抗，我都死命地抱着她，不让她动弹。我用脸颊死死压着她的肩胛骨。我无耻，但是我离不开她。

"你抱着一个死人干吗？你快滚吧。"她的身体冷冰冰的。

"王子天，"她停止了挣扎，只是自始至终都没有再看过我，"咱们，就这样吧。"

她的声音，连同她的身体，都变成透明的了。

黑暗里，我抱着她。

她望着我，摇了摇头。

我不停地吻她，她没有任何回应。

她说："你放我走吧。"

像一只折断翅膀的鸟。

我厚颜无耻地唤醒了她所有的欲望，我不能失去她，在那个时候。我一点点，一点点往她身体里钻，往她心里钻。然后她的眼睛里有了变化。

她冷酷地看着我，终于开口说话了。她说："你们也是这样上床的吧。"

"你是不是叫她宝贝，称赞她的美，她的眼，她的胸？你是不是告诉过她，你要和她组建一个快乐的家庭，和儿子一起保护她？你是不是也和她说，等九十岁了，就什么都不要了，和她一起去跳海？"

陈广白的身体里有了一股力量。她压在我的身上，冷漠地质问我。像一个我从不认识的陈广白。

"王子天，"她的指甲全都嵌到我的后背，"如果哪天早上你起来，发现胸口插了把刀子，不会有别人，一定是我干的。如果杀人不犯法，我早就杀了你。虽然所有人都觉得，我是这个世界上最爱你的人，但如果你死了，一定是我杀的。"

"我知道。"我点点头。

"可我杀不了你。我要好好活，长命百岁，身体健康。我一定要死得比你晚，我要看着你衰老，干瘪，枯萎，直到咽下最后一口气。如果我最后选择和你共度余生，只是因为，你是这个世界上我最憎恨的人。"她一点点地压迫着我，恶狠狠地，好像她的身体是一把刀子。

"我欠你一辈子。"我无话可说。

"等你还清了，我给你收尸。"她冷笑。

人是自私的动物，允许自己犯错，却不允许别人犯错。

陈广白大半夜和别的男人在一块儿？她想干吗？她以为她这样做我会生气？她是不是去喝酒了？这个傻 × 又不会喝酒还装得很能喝，她想像那些没营养的青春电影里演的一样，随便买醉之后，找个人一夜情来气我？

她知不知道自己在做蠢事？

我拨通了她的号码，连续几次，没人接。

她想折磨我了，我知道。她从那天开始，就没打算放过我。

她要用一辈子来折磨我。

我必须做点儿什么。

Chapter 05

数据冷酷，但是精准。

　　于疏影吞着芝士面包，喝着樱桃啤酒，眯着眼睛扫视我的电脑。

　　"宝贝，这个女的，不是叫邓媛媛。她叫赵羽。"

　　"What？"我吃惊地看着我最好的朋友，好像我们并不相识。她总是能做出让我意想不到的事情。

　　"你太容易被骗了。"她摇了摇头，嫌弃地看着我。

　　"你怎么……做到的？"

　　"当然，那个叫邓媛媛的确实存在，不过他骗了你。'我和小三'的文件夹里的姑娘，是赵羽，是他之前研究院的同班同学。"

　　"他说他们班就四个女的，没一个能看的。"

　　"他还说他只爱你一个，要娶你为妻。把你骗上床之前还说自己没跟别的女人上过床，是个什么都不懂的处男，你都信了？这件事我到现在还不明白，他是怎么想的，这年头随便找一个小姑娘都比他洒脱。"

我一时语塞，只得傻呆呆地看着于疏影点击着我的电脑鼠标，带我打开一扇又一扇的大门。熟悉得好像这台电脑是她的。

"我们码字的这行，跟码农没有多大区别。前两天，有个人问我，姑娘，你看起来很有文化，你是不是很喜欢古诗词啊？我跟他说，大哥，你问我这个问题，就像问一个程序员喜不喜欢代码一样。

"对我们来说，电脑就是我们的老婆。死后键盘将成为我们的墓碑，扫描墓碑上的二维码，可看到我的个人简介和生平著作以及微博吐槽。

"陈广白，一个现代人，只要上网，就一定会留下各种各样的痕迹。拿到一张图片，不要哭得要死不活，把注意力都集中到这一对狗男女身上了。你要做的，是——右击图片，来，这里有个东西叫'显示简介'，来，看一看数据，人会说谎，机器不会。你妈把你养这么大也不容易，学聪明点儿，不要再相信什么情怀和梦想，那些东西都是骗人的。要相信数据，数据冷酷，但是精准。

"创建时间、图片种类、尺寸、设备制造商、焦距、光圈数、曝光时间、纬度、经度，这些东西才是辨别真假的标尺。宝贝，麻烦你仔细观察下这些。特别是经度和纬度。"

于疏影把图片简介里的经度和纬度复制到谷歌地图里，很快地图就显示出了照片拍摄的具体坐标。

那是某商场的四楼。我想起前不久我们才去那附近吃过饭。

我彻底傻了。

"百度云能让你看到的不仅仅是图片而已。我建议你花点儿时间研究一下这里面到底有什么。友情提醒一下，你看啊，把鼠标放在网盘这个图标下面，还有啥东西……"

我接过于疏影手里的鼠标，移动上去，看见了通讯录、通话记录、短信、相册、文章、记事本、手机找回……

再点进去，我看见了每一条短信和每一次通话记录。然后它们像刀子一样插到我眼睛里。

"还有图呢，宝贝。有图有真相。图片、短信和通话记录每天都会在有无线网的环境下自动备份上传，这可比你追的美剧精彩多了。"

于疏影把酒杯递给我，我一口喝干，然后她叹了口气，直接递了一瓶酒给我。

"我这里有个心理医生的号码，如果你看了这些东西，承受不住精神压力，犯了文青想不开的毛病，就打这个电话。"她拍了拍我的肩膀，塞了张名片到我的钱包里。

"记得打他的电话。不打后悔！"她叮嘱。

我面对的，简直是一个黑洞。

只要你的老公出一次轨，任何一个女人都能在一夜之间变成福尔摩斯。

我觉得那些侦查部门，完全可以找一批老公出轨的女人集合起来，她们的破案速度和破案能力一定超出人们的预期。

让我理一理，告诉你，我都从那个排列整齐的网盘里，看到了些什么。

一个人如果不爱你了，你做什么都是错。这是初中的时候看的言情小说里的句子。后来我用自己的青春证明了言情小说句子的正确性。

大概从一月份开始，每次我给王子天打电话，他都说他在忙。因为他一直在努力寻找新女人。

一月七号晚上十点四十四分，他正式认识了一个叫邓媛媛的姑娘。

当邓媛媛将名字发到他的手机上时，他连忙说："嗯嗯，不好意思，刚到公寓，才看到信息～好动听的名字～ *^_^*"

媛媛有些矜持："哈哈，谢啦。"

"实话嘛～哈哈～这么晚才回去，早点儿休息～"

虽然是第一次见面，但他已经开始给姑娘下套，故作不开心地质问姑娘怎么回去这么晚。这样长期下来，就会让姑娘形成一种被保护的错觉。

第二天，也就是一月八号的早上，媛媛姑娘主动给王子天发了一条信息："今天忙不？"

王子天应该没有看到信息，或者是出于一种策略，看到信息，但是不及时回复。

到了下午一点五十，王子天才匆匆回复："实在不好意思，媛媛，上午在开会，手机调飞行模式了，忘了关了，刚刚着陆～"

虽然才发几条信息，但是在得知姑娘的全名之后，王子天会不再称呼她们的全名，而是拉近距离，称对方为 ×× 姑娘，或者 ××，这样不失亲切，也不失庄重。

媛媛姑娘没有及时回复他的信息。

大概过了十分钟，王子天按捺不住，发了一条追加的信息："今天事情稍微有点儿多，改天吧，我请客，想好去哪儿玩，来公司半年了，事情一直比较多，还没怎么出去过呢 *^_^*"

笑脸总是不可缺少的。

"哦，大忙人啊。"媛媛姑娘说。

"惭愧惭愧，昨天匆匆分别，都不知道姑娘是在读书，还是在工作？"

"工作啦。"

"嗯嗯。工作时间不打扰你了，有空找你玩。"王子天有时候幼稚得像个小孩儿。

"好的。"媛媛姑娘还是保持克制的冷淡。

到了第三天，王子天又按捺不住了，他在下午五点钟的时候，又发信息给媛媛姑娘："媛媛姑娘，下班了吧？方便的话可以加我微信，方便联系。微信号 dicool。"

这应该是一段美好的邂逅，它可以发生在公交上，地铁里，或者公园里。

可惜的是，在同一天，我看见了王子天发的另外一条信息：

"王珊姑娘，你好。我是王子天，王胜国的堂弟。上午，我哥给了我你的号码，我在开会，又怕耽误你工作，所以才给你发信息。我加了你的微信，请方便时查看一下。我哥对姑娘赞不绝口，希望我们处得开心。"

对于不同的姑娘，自然要有不同的处理方法。这位王珊姑娘应该是家里人介绍的。王子天是县城的高才生，状元，在那边小有名气，所以和姑娘说话的时候，底气也很足，没发短信的理由也很充足，都是为了姑娘好。

两条同时要求加微信的短信并列在一起，排出了一种讽刺的幽默感。

我真佩服他。

信息在这里戛然而止。可惜百度云没有同步微信通讯录和微信联系人的功能。或者微信没有出相关的网盘和相关的云端服务，要不我相信，我能看到更精彩的东西。

邓媛媛只是一个幌子。"我和小三"文件夹里的人并不是邓媛媛。王子天给我看的照片里面的姑娘也不是。

小三到底是谁？小三自己知不知道，自己被王子天专门建立了一个文件夹，亲切地称呼她为小三？欢迎收看本期的探访小三节目。对不起，我有点儿失控，不是一个好的故事叙述者。

你们尽可以把这当作一个笑话。当作一个天涯帖或者微博段子。

"我的生活不应该变成这样。我不应该被这些东西缠绕着，这些琐碎和纠缠不是我想要的生活。"

我合上电脑，摔得重重的，像个无能的弱者。

"如果你真像你说的足够爱他，以后你会遇见更多这样的事。他现在就像个青春期叛逆的小孩儿，怎么让你不高兴，他就怎么来。宝贝，你不应该再去看那些爱情的心灵鸡汤，你应该去看《如何管教青春期的叛逆少年》。"于疏影是在嘲笑我一直把王子天当儿子养。

"我还有音乐。"几乎是抓救命稻草一样，我抬起头说。

音乐，我差点儿都忘了音乐是什么。

"你被生活绊住太久了，在舞台上弹琴，就像个怨妇，一点儿力量都没有。"鼓手阿猫前段时间才结的婚，但是老婆当天逃婚了。他文了新的文身，像一棵花树，簇拥着原本的文身，原本他文了老婆的英文名。

吧台前有个高中模样的小姑娘来看他演出，短短的头发，大大的眼睛，平平的胸，裤腿卷起来，露出好看的脚踝。

阿猫爬起来的速度真快。

"现在大家都这样。你就是个奇葩。"阿猫嘲笑我。

"先试音吧。"我懒得多说话，也无话可说。

那天晚上的演出很糟糕。

来了一群中年男人，一直在下面起哄。

"下来唱呗！""下来啊！"

他们叼着中南海，好像把一个痞子的青春期延伸到了中年。

老陈是这里的老板，他走到场地中间，想请走那些人。他腿

脚有些不方便，走路一瘸一拐，这反而让他成了那些男人的取笑
对象。

他们对他的要求很不屑，百般嘲笑，笑他说："要不把你的
第三条腿拿出来支撑一下？"

这个他们自己说的黄色笑话在酒精的作用下，让他们自己更
兴奋起来，自嗨得很。

"老板们换个地方吧，我这地方小。"老陈皱着眉头。

"少给我装腔作势啊！"有人推了老陈一下，老陈倒在地板
上，恨得撑着地板站起来。这些人不知道伤害弱者更能激起弱者
的愤怒。老陈想都没想，直接朝男人脸上打了一拳，男人嘴里的
中南海直接被打飞了出去。老陈面前几个人高马大的男人全都抡
起了拳头。阿猫和店里其他男人赶紧跑上去，包括调音师、灯光师。
舞台一瞬间空旷起来。台下是一片狼藉的打斗。观众们都悻悻离开，
有一个高中小姑娘，经常来看我的演出，今天带了个朋友过来看，
开场前到后台来跟我打了个招呼，这会儿也吓跑了。

舞台上的灯光暗下来，我抱着我的吉他，或者矫情点儿说，
我和我的吉他互相拥抱，谁的情况都不比谁好一些。

第二卷

云端之上

Chapter 06

直男是怎么想的。

　　那天演出后，我推掉了应酬，没有打车回家，一个人在城市街头乱走，不知道去哪里。

　　这种失败的时候，我最想他。

　　我拨王子天的电话，没人接听。

　　我再拨，他挂断了电话。

　　我想做的，都是最平凡的事情，靠在他的肩膀上，好像我是那里的一根骨头。无数的夜里，我没用地想着那个地方，好像那里是什么天堂。

　　就算一辈子一无所有，写不出什么好歌曲，浑浑噩噩地工作，到七十岁，八十岁，在公园的长椅上靠在他的肩膀上，对着一片滴水的树叶发呆，也不觉得无趣，靠在那里的话，下一秒死去，也能找到所有活着的意义。

我知道再想下去我就要哭了。

眼泪稀松平常，对生活毫无帮助。像之前的每一个夜晚，像每一部痴情小说里的女人，愚蠢地一遍遍看着他社交软件的头像，反复刷着他的朋友圈和空间，等着他的头像忽然亮起来。

可按于疏影的话说，别再多么痛地领悟了，在眼泪沾满我的枕头，我感叹梦一场的那会儿，他早和别人去开房了。

走到江边的时候，我拿出了钱包，从夹层里掏出了那张心理医生的名片。

薄薄的一张纸上写着"情感咨询师杨天冬"，这年头真是什么职业都有。

我拨通了号码。

"您好，我是于疏影的朋友。"

"您好，陈广白小姐是吧？我等您的电话很久了。"

该死的于疏影，应该已经把我的那些破事都跟他说过了。说的时候肯定还一脸嫌弃。

"只要你鼓起勇气拨通了我的电话，从这一秒开始，我一定能治好你的病。"电话那头是个很年轻的声音。

"你才有病。你全家都有病。"

"痴情也是一种病。多发在陈小姐你这种有受虐倾向的中国传统女性身上，你们小时候看了太多《知音》和台湾偶像剧，对于坚贞不渝的爱情世界过于向往。"

"放弃哪有那么容易。"我辩解。

"在正常人的价值观里，一个男人只能与一个女人厮守，一个舌头只能触碰一个牙床，可那些渴望变坏的男人并不这样想。"

"他们是怎么想的？"我觉得好笑。

"他们觉得，小三和手表、跑车无异，老婆是老婆，女朋友是女朋友，一个陪他过日子，一个陪他玩。一个抱着讨论明天中午吃什么，孩子上学到底选哪个幼儿园；一个发着甜腻的微信，谈着学生般的恋爱，一起吃烧烤一起兜风，亲个小嘴开个房，还不忘指责下对方裙子怎么那么短，我不在的时候一定要穿打底裤出门。就像上班开一辆车，到外地开一辆车，是分得很清楚的。并且他们因为自己把这两辆车的不同用途、不同功能以及不同的使用时间段分得很清楚这件事，暗自骄傲，觉得这是一个成熟男人的标志。

"总之，今天给你服务的第一个目标，就是让你明白，直男是怎么想的。知己知彼，百战百胜。也许这份价值观比较扭曲，但你必须要明白，它确实存在。你清楚了吗，陈小姐？"

我屏息听着他的长篇大论，顿了顿，压抑着愤怒，说："你简直就是在胡说八道。你自己有妹妹吗？有女儿吗？有姐姐吗？再不济你得有妈吧。全天下男人都像你说的这样，你让你妈怎么活？"

"这会儿你的口气，就像封建社会的老大妈逮到了男女婚前性行为。在你的价值观里，一个人就只能好好爱一个人，不离不弃，生死相依。还有很多网络词汇和言情诗句，什么'与君相约定百年，谁若九十七岁死，奈何桥上等三年'，光说我就觉得牙酸。"

"难道不应该是这样吗？！"

定百年的那个诗句我还写在《平如美棠：我俩的故事》这本书上，大学时候送给了王子天。希望他能看到里面老人平如说的那一段话：我从来没发过火，前几天在电视上看到，一个男的也五六十岁了，跟老伴儿吵架了，这个男的说他老婆如何如何怎么不好。她没你文化高，她智力不如你，你的逻辑好，你会分析，她不会分析，她讲不出理由，她对你好的时候，你想过没有。你有理，可是你无情。

我在那一页折了个角，想让王子天以后能够少挑剔我一些。

我们能少吵点儿架，恩恩爱爱的。

电话那头的男人沉默了片刻，像在等我的愤怒平息。

过了会儿，他说："陈小姐，你现在在哪儿？我去接你。面对面交流也许能少些障碍。"

"不需要。"王子天要是知道我半夜见别的男人一定会杀了我。

"于小姐已经为你报了我这里的 VIP 康复疗程，一次性支付了八千块的治疗费。"

"什么？多少钱？"

"于小姐说给我做一个策划文案，我就给了会员折扣价八千。当然我们的康复治疗是客户第一，如果你不想进行治疗，我们也是完全默许的。"

"我在淮海路步行街，你现在就过来。"

这家伙十有八九只是个江湖骗子，但也许和他说说话，我能不再那么压抑。

当这个于疏影斥资八千块请的情感咨询师走下车，为我打开车门，路灯灯光落在他脸上的时候，我彻底傻了。

"陈小姐，鉴于方才交流中，我关于直男的一些观点，让你感到不愉快，不如我们去吃顿烧烤。我查看了一下你最近的微博，最新的一条说'世界上没有什么事是一顿烧烤解决不了的，如果有，那就两顿'，并说你想去吃 K 大东区那边的蜜汁烤翅，据疏影说，你和你男朋友经常去那里吃烧烤。所以，我要带你去另外一家更好吃的，让你知道什么是烧烤。"

在系好安全带之后，我朝杨天冬年轻的脸庞望了一眼，然后赶紧把目光收回来。

我发了条信息给于疏影：你到底想干什么？！

于疏影很快回复了我：是不是很像？

我吸了口气，又悄悄看了一眼那张正脸还好，侧脸和王子天长得非常像的年轻脸庞，然后恶狠狠地在屏幕上敲下：是，很像。

Chapter 07

人和人，一场游戏。

王子天

我和赵羽是很好的朋友。

当谈论我们的关系时，我总是这么和大家说。

在研究院的时候，我和赵羽以及其他两个女孩子成了一个小团体。和她们在一起很轻松，一个个天天夸我皮肤怎么这么好，我就比较腼腆地和她们说，因为我用大宝啊。一开始的时候我还跟她们保持距离，要是被陈广白知道，她指不定会烧了我们研究院。

但距离真的很难保持住。

从高中开始，我就蛮喜欢和很多女生在一块儿的感觉。这真的不能怪我，因为不是我主动去勾搭她们的。高中那会儿，只要你长得还不错，学习成绩又好，就会有蛮多女生暗恋你。

周雪就是从那时候开始暗恋我的。

她那时候比较女屌丝，个子不高，头发短短的，扎一绺在后头，颧高鼻塌，嘴上有痣，爱读金庸小说，眼镜耷拉在鼻梁上，路上遇到我总是低着头。但是白，清心透亮地白，白得能把我们那个昏暗的学校走廊照亮。她在隔壁班，经常下课来我们班找同学玩，她站在走廊的角落里，偶尔装作不经意朝窗户里面看我。

后来大学的时候，她把头发养长了，穿上高跟鞋，穿了短裙，再走到我面前，我都快不认识了。年轻的女孩子都是在某一刻忽然就成熟了的，让你猝不及防，因为其实你把大多数时间都花在开黑打游戏、踢球和看电影上，除了年龄并没有任何实质的成长，你不知道就这两年那些小丫头开始捯饬发型和眉毛，头发长得飞快，胸脯也从衣服里飞涨起来，快要把纽扣撑破。周雪比我大两岁，她总说，曾经我年轻美貌，现在年纪大了，我就只剩下美貌了。

这样的姑娘从我们的小县城跑去了北京念书，天寒地冻的时候还不忘问你冷不冷。在你钻到寝室被窝里的时候，发信息含蓄地说她想你了。从北方坐一夜的火车过来看你，和你一起吃食堂，给你夹菜，陪你聊天。跟着你到湖边散步，永远比你慢半步，像只乖顺的小绵羊。走着走着，她就忽然加快了一步，软软的小手拉住了你，夕阳落到她光洁的面庞上，她的眼睛不看你，你顺着她手的脉搏能感到她的心跳，她紧张得胸都涨得比平时大，你很难不动心。

所以后来分手的时候，我很难理解，周雪以前那么乖顺，怎么能闹得那么狠，好像恨不得把她看的那些金庸小说里的招数全都用在我身上。她先是跳起来狠狠扇了我一巴掌，又逼着我不准和陈广白在一起，盯着我，命令我把桌子上的每一道菜都吃完，硬要我带她去天鹅湖，完成以前想去天鹅湖的愿望，那个该死的天鹅湖里不仅没有天鹅，还到处都是蚊子，我蹲在那个地方不停地打蚊子，她在头顶狠狠盯着我，说："不准给她发信息，哪有那么多话要聊的？"

　　她的口气像我妈。

　　"我不管你跟她进行到哪一步了，你必须和她分手。"

　　"你是不是有病？"

　　"就算闭着眼，我都知道你给那个婊子发的什么信息。你敢一句话里少放几个'宝贝'吗？就算给你条狗，只要是母狗，你都能喊它'宝贝'是吧？"

　　"你有完没完？"我扶着头。

　　"以前的事你都忘了吗？你以前怎么对我承诺的？"

　　我不知道是不是每一个男人这辈子都要准备好几个答案来应对这个问题，这个问题到底有没有标准答案。后来我和周雪上了床，我躺在那里，想起陈广白的脸。

　　后来我在其他女人的床上醒来，看陈广白发来的那些我从来没有回复的信息，看她写得长长的邮件，我不知道自己在想什么。

　　再后来，陈广白游魂一样站在我面前，身体薄得像一张纸，她笑着看看我，人像是透明的，然后在我怀里醒来，眼睛里一点儿光也没有。

　　她说："宝贝，人和人，一场游戏。"我点点头，没说话。

　　人很容易爱上另一个人。当你意识到你和你的爱人不可能，你也受够了挣扎和不快乐，连做爱都像是在例行公事，还有一堆家庭和工作的琐碎压上来，你就不再想要这样的生活。潜意识里你就会去寻找快乐。

　　女人无论怎样都可以忍耐，只要爱情的外壳在，只要身份在。男人，男人光顶着"男人"这个名号已经够装了。这话是陈广白说的，她摸着我的脑袋说没有男人想当男人，西装革履站在宣讲台上的精英最爱的事可能只是关起门来打游戏。看起来再冷酷的男人，你给他一个娃娃玩偶，也许他的眼睛能瞪得比玩偶的眼睛还大。

"你就是想在我面前装男人。在谁面前装不下去问题都不大，但绝不能在我面前装不下去。你想让我觉得你的能力很强，没有你做不到的事情，包括伤害我。"

她的眼睛跟激光扫描仪一样。

赵羽很好看，脸圆圆的，眼皮泛着褐色，都不用画眼影，眼窝很深，眼睛大，一闪一闪。

陈广白嘲笑我说，找小三也得找个能看的，不要侮辱小三这个称号。

这话肯定是于疏影教她的，她连跟别人吵架都会脸红，想不出这么狠的台词。

还在研究院的时候，我和赵羽一起在实验室里喝酒，在公园里看花。一起玩《狂野飙车》，我破解了那个游戏，我们就能一路横冲直撞遇神杀神。我特别喜欢看她笑，她笑起来很甜很纯朴，像多汁的水果。陈广白总是胡思乱想，可小三不会，她总是一副积极乐观的傻样子。刚找实习那会儿，我们都在想着去哪儿去哪儿，她手上一个 offer 都没收到，还天天傻乐，学着文艺片里唱着"que sera sera"，笑得脸又红扑扑起来。

我和陈广白分开两地，一见面就吵架，这么久了，她永远都需要哄。一个人在那里能哭一个钟头。渐渐我就烦了。然后我就越来越发现身边人的好。反正大家只是暧昧，玩一玩，谁都不需要负责任。况且其实我们还有真感情。

邓媛媛是我拿来气她的幌子。

一直，我都以为有出轨倾向的，只有我一个人。接到那个电话后，才知道我低估了陈广白。

为了打击报复，我很快开始行动。我不能让她先找到下家，再把我甩了，这样很没面子。

　　我在从公司回公寓的公交上连续遇见了邓媛媛两次。当时我还不知道她是卖安利的。

　　第一次我们就并排坐着，谁都没和谁说话。第二次，车上人很多，她拎着一堆东西，从前面上来，我往里面挪了一个位置，她对我说了声"谢谢"。

　　一路上我们都没说话，我透过车窗看见她脸的轮廓。她的头发很短，男孩子一样的短，陈广白说她就想剪那样短的头发，但她都长发及腰了，意思是我可以娶她了。

　　在快下车的时候，她找我要了电话号码。

　　一个礼拜之后，我们上了床。不过我没有买什么产品。她也没有让我买。

　　我躺在邓媛媛租的房子里，看着天花板，忽然很厌恶自己。

　　然后我打开卫生间的门，放了水冲澡，希望自己可以什么都不用想。

　　手机里都是陈广白的未接电话。

　　我已经回不了头了。

Chapter 08

我得了和自己过意不去的心理疾病。

　　那天的烧烤吃到了凌晨三点。

　　我不知道我有那么多话可以跟这个情感咨询师说。

　　刚到烧烤店的时候，于疏影又给我打了个电话，我不好意思地笑了笑，避开杨天冬，拿着电话跑到一边去接。她说话的速度很快，就像在电脑前敲字，而我就是她写过的最失败的女性角色。

　　她噼里啪啦地说："陈广白，像你这种总是一副性冷淡表情，好像陌生人都欠你两百万，天天不是穿黑色就是穿白色，不知道的人还以为你是在守寡的民谣婊，一般都内心苦闷，缺少爱抚，爱思考人生，有抑郁倾向，姿色算不了上乘，但也不是很难看。主要也没什么钱，为什么说你们没钱？有钱会去唱民谣？民谣听起来一般都很穷，没有钱坐飞机，只能搭上一辆绿皮火车手牵手一起去流浪；做爱都住不起好宾馆，只能在没有空调的家庭旅社流满身汗；对于姑娘的审美，只能停留在远观的碎花裙，因为没钱请人家吃饭。潦倒如此，才能创作出让普通大众感到共鸣的歌曲，这也算是'痛苦就是财富'的最好注解了。

"但是颓废的男歌手还有可能红，颓废的女歌手真的很难红，不信你去问问开出租车的大叔，他们一听到那些怨妇歌曲，就手动换台，因为那些要死不活的絮叨声，总让人想起更年期的老妈和死活不愿意分手的前女友，一个字，烦。

"陈广白，年纪轻轻，如果能靠脸吃饭，就一定不要靠才华吃饭。如果真的不小心选择了靠才华吃饭这条路，一定不要走怨妇路线，那样就算突围成功，也很难获得生活层面上的幸福。

"所以，如果人生状态正好像你现在这样，感情遇到渣男，事业也没什么起色，基本上可以用 loser 来定义。我兼职做过很多文案策划，遇到你这样基本没救的项目，我一般是不救的，吃力不讨好，主要是你太丢我的人，拉低了我整个人生的档次。

"你说，我未来婚礼的伴娘，未来孩子的干娘，未来我红了之后记者们采访的我的最佳好友，居然是你？

"我也并不对这个情感咨询师能够拯救你的'爱情绝症'抱有什么期望，但你吧，就把你那些破事和他说说。男人更懂男人。他会更残酷地告诉你王子天是怎么想你的，或者压根儿王子天就不在乎你。

"做好准备，直面惨淡的人生和淋漓的鲜血，不要再逃避了。

"还有，我刷的是你的信用卡。"

关于和王子天之间的点点滴滴，那天借着酒精，几乎每一个细节我都悉数报告给了杨天冬。后来杨天冬告诉我，同样的话我反反复复讲了很多遍，有从青年怨妇演变成中年怨妇的趋势。这只能说明，这段感情给我带来的痛苦已经超过了中国妇女所能忍受的平均水平。这还没结婚呢，如果结婚了，我就不只是名怨妇了，我可能会进妇科病房或者精神病院。

"可是我觉得你一点儿也不专业。像个爱说心灵鸡汤的话痨，不像是医生。还有，你今年多大？"即便是坐在被治疗的位置，我仍不忘打量面前这个清秀得有点儿像女孩子的家伙。

"确实。我在建大念土木工程，今年研二。"杨天冬直言不讳。

"什么？"我惊呼。

"这就跟你去美容院做护理基本上都是心理作用一样，我兼职搞的这个工作室也是一回事，不过显然生意不错。女人总是乐于花万把块钱办张卡。"杨天冬自我调侃。

"奸商。"我嗤之以鼻。

"陈小姐，你已经二十多岁了，但你考虑问题的思维方式还没有一个十几岁的高中生成熟。"即便是个半吊子的非专业人士，杨天冬还是一本正经地打开笔记本，开始记录我的心路历程。如果外人看，一个戴着金丝边眼镜、穿着白衬衫的男人抱着一台苹果电脑，聚精会神地在记录什么，一定觉得这家伙专业得不行。

"确实，现在很多高中小女孩，头发剪得比男孩子还要短，打一排耳钉，穿个高帮的运动鞋。年纪比我小个十岁，却什么事都能做出来。"

"疏影反复提醒我你很 low……"杨天冬一边攻击我一边给我递了根烤串。

"你挣的不就是我们这群 low 女的钱吗？"

"你考虑点儿现实的问题。回想下小时候港剧都告诉过你的真理，做人最重要是开心。怎样才能让自己开心，想过没？"

"跟他结婚，我就是全世界最开心的人。"我说这话的时候眼睛里一定闪着光。

"婚姻一定是这个世界上最糟糕的发明。跟他结婚你这辈子就毁了。"

"我愿意。"

"只要跟喜欢的人结婚，就觉得很幸福，是吧？"

"嗯。"

"那你觉得你表姐现在幸福吗？"

"你怎么连我表姐都知道？"

"作为你的情感咨询师，我有必要了解你的人际关系网。所以在见你之前，我不仅翻阅了你所有社交网络上的每一条状态，还翻阅了每一个你关注的人的每一个社交网络上的每一条状态，以及，每一个关注你的人每一个社交网络上的每一条状态。我翻阅了每一条你点赞的状态，以及个别你特别关注的朋友，他们每一条点赞的状态。最后再将这些人物图谱和数据收集起来，做成了你的人际关系网的分析报表。"

"你是不是天蝎座？"我起了一身鸡皮疙瘩。

"是。"

我喝了杯酒，沉默了一会儿。

"表姐她，幸福吧……我不知道……"

"不，你认为你表姐那样不幸福。只是找了个普通的，还不错的人，认识时间也不长，就结婚了。你在她的结婚对象身上看不到任何少女漫画中的闪光点。你觉得，如果表姐能和她恋爱长跑十几年的那个男人结婚，才是幸福的。你这叫'幸福绑架'，跟道德绑架如出一辙。别人没有跟喜欢的人在一起，别人就恶俗了不幸福了，你拼死命跟自己喜欢的人在一块儿，把生活折腾得跟日剧一样，才是伟大。是不是？

"陈小姐，其实你不是个能吃苦的人。或者说，在心底，你是个能为你的梦想吃苦，但是不愿意为生活的琐碎吃苦的人。不如我们好好规划一下你的音乐梦，我给你找个团队，给你做个策划，让你红，只要你红起来，忙起来，这些事都不算事。不需要你唱功多好，长相你也绝对过关了，只要再来点儿新闻，你就是新一代民谣小公主。就是真人版的《歌曲改变人生》……"

"可那样我还是不会开心。被再多人喜欢，有多少粉丝，对人生也基本毫无帮助。只有生活总是缺憾的人才会追求这些层面的成功，活得轻松的人就是活得轻松，不需要这些外在的肯定就能活得很好。

"很小的时候我就发现了这一点。小时候我是跟着外公外婆在老家长大的，该上学时才来到这个其实不大，但在当时的我眼里很大的城市。我头发很短，又黑又瘦，不会说普通话，不仅晕车还晕电梯。记得第一次从商场回来，坐出租车，很短的距离，吐了出租车一车，非常尴尬。表姐那时候开始教我普通话，教我拼音和写字，虽然她也只有三年级，但把我教得很好，因为等到表姐六年级的时候，我已经开始帮她写暑假作业和日记了。

"我上的小学就是表姐的小学，上的初中也是表姐的初中，高中还是表姐的高中。表姐一直很优秀，长得漂亮，有很多男生追，教过表姐的老师最后都教了我。等于前些年我一直都活在表姐的光环下，光环落下来，我就站在阴影里。其实我是个很自卑的人。"

"我知道。听你的歌能听出来。"杨天冬一边从包里掏出好几个手机，不停地回着业务信息，一边倾听我的絮叨。

"其实对我来说，越喜欢的，我越不想靠近。中学时候喜欢的男生，只在新年的时候，悄悄给他寄过匿名的贺卡。和王子天刚在一起的时候，我总是不敢看他。为了掩盖自己的紧张，我总爱叽叽喳喳地说个不停，他总是扶着我的肩膀，让我待着，说要好好看我。我觉得他是神经病，能有什么好看的。我并不知道那时候的我在他眼里是会发光的，如果我在他眼里能一直发光，后来我们也不会发生那么多不愉快的争执了。可能人的感情就是这样，一开始，光牵个手就会心狂跳，到后面，尝试多少种姿势做爱也唤不醒热情，好像两个人之间的感情就那么多，蜡烛烧没了就是没了。后来他再也没有忽然抱住我，说老婆其实你真的很漂亮。或者睁着偶尔有一只内双的眼睛，和我说，喜欢我哦。吓我一跳。

"后来，他最常对我做的两件事就是生气和摆架子。生气就是冷冷的。摆架子就是更加冷冷的。好像不管怎么样，他都是比我高一等的生物。于疏影说我被他吃得死死的，意思是，他这样，都是我惯的。上学那会儿，他只要一生气，我就买好多吃的去哄他，把他当儿子养，他能懂事才有鬼。但你惯了一次之后，他下一回就猖狂得更厉害，你只能加倍去哄他，然后他一次比一次猖狂，到后来你怎么哄他都没有用，他怎么也不会满足了。你的能耐也只到那里。

"有两次我下定决心和他分手。一次是毕业那年，过年的时候，我背着他——是不告诉他，不是真的背着他一步步走……"

杨天冬被我的解释逗笑了。

"总之一个人去了趟西藏，骗他我是去演出什么的，但真的，我那时快透不过气了，需要喘喘。几十个小时的火车上，只要一到晚上，灯光亮起的时候，我就趴在那里不出声地哭。其实那时候我们的感情还可以，至少比现在好，分开了一个寒假，每天都很想对方，我只要想到以前的那些事，想到那些困难和挣扎，还有那些阻力，我就很没用。我是说，在那些阻力面前，我是那么无能为力。我只能大哭一场，只能一个人的时候大哭一场。"

"你的意思是，很早的时候，你就知道你们之间坚持不下去了？"

我闭上眼，点点头。

下定决心分手，对我来说，是件很不容易的事。

因为分离这种东西，我没法儿面对。

　　只要一想到，最后大家会变成没有关系的两个人，我就会很没用地软弱起来。如果离开他，就好像一部分过去的自己就那么死去了，要是能好起来，除非大刀阔斧清零一次记忆，然后当作都是上辈子的事，逼着自己开始新生活，从头再来。

　　那次去西藏，认识了很多人，我好像又过上了从前那种漂泊的生活，无忧无虑。

　　关于一个人跑去西藏的事，为了不让王子天生气，我特地在我们做爱之后，才捣捣他，呜咽了半天，向他坦白了这件事。

　　"什么？"他要是还有力气，一定会从床上跳起来。

　　"就……我不是去演出的……我背着你去了西藏……哦不对，不是我背着你，是我瞒着你一个人去的……你太重，我背不动，下次你想去，我背着你去呀。"我怯怯地从被子里抓住他的手，像只猫一样往他肩膀上蹭。

　　"我不是说毕业旅行开车带你去吗？"

　　"……哎呀。"我挪动身体。

　　"别乱碰我。"

　　"那我们可以暑假的时候再去一次嘛。夏天和冬天的景色完全不是一个风格的。我这次去都没有看到什么……他们都说夏天超美的……"

　　"反正我不会带你去了，我要自己去。"他把手肘放在脑袋后面，靠在那里，闭着眼睛，嘴巴不高兴地往上翘，像个被欺负的小男孩。

　　"老公——"

　　"干吗？"

　　"现在吗？我们不是才休息的嘛。"

　　"你是不是流氓！"他狠狠推了一下我的脑袋。

　　"那都是你教的嘛。"

"你不要过来。我准备一个礼拜不跟你讲话的。"王子天说这句话的时候，我仿佛看见了我未来儿子跟我赌气时眼角眉梢的起伏。

我忍不住扑哧笑出来。

当然最后我们还是争吵了，险些分了手。

具体好像是为了一碗我没有吃完的黄焖鸡米饭或者鸭血粉丝，我真的想不起来了。

反正我们走了一路，他就挑了我一路，从发型到走路姿势到说话到吃饭，我在他面前好像是一个充满漏洞的软件，让他不得不从头到脚都挑剔一遍。

那种感觉让我很心酸。我不知道要内心强大到什么程度，才能对那种挑剔无所谓。那些怨妇的思想像藤蔓一样绕住我的神经——原来我是个这么差劲的人，没有一丁点儿值得被爱的地方。他难道就一点儿都不心疼我吗？他忘记曾经把我捧在手心里吗？就算时间的流逝和生活的琐碎消磨了我们的爱情，也不至于把一个原本在自己眼里闪光的人贬低得一文不值吧。

我跟以前一样一路沉默不语，他说什么我都不回话。然后到了一个爆发点，我终于承受不了他的任何一句挑剔。这种极端的承受不了表现在毫无节制的眼泪和彻底放弃的言辞上。

极度伤心之后，终于能够鼓起勇气彻底放弃。这样的次数对我来说并不多。为了爱情女人本来就天性忍耐，越痛苦越着迷，更何况经过于疏影鉴定，我有重度的受虐倾向，指不定是个斯德哥尔摩综合征患者。

"算了吧。我现在就回家，以后就这样了。"我身心疲惫。

王子天的眼睛也有点儿红。昏暗的房间里，我们像两败俱伤的野兽。

他走过来，抱着我，说很多好听的话。

他做鬼脸逗我笑，好像我是个奶瓶掉了的婴儿。

他把脸贴着我的脸，温柔地说我带你去看电影，带你去逛街买衣服，带你去吃好吃的好不好？

他拉着我的手指，说，妈妈正在家里做着好吃的等着我们呢。我们一起回去过元宵节吧。家里的元宵节很热闹的，和城市里无聊的吃吃喝喝不一样。我们有很多热闹的活动，我要带你去集市，带你去放烟花，点花灯……我们一起回家好不好？

也许他不是最会哄人的那个，但我每次都能被哄好。

后来我明白，那是因为从根本上，我离不开他。或者我给了自己离不开他的心理暗示。

但那确实是我过得最开心的元宵节。

巴士搭载着我们去了王子天的家乡。那是个一望无际的平原，没有山脉的踪迹。他握着我的手，告诉我这栋房子是老大的家，这栋是老二的家，那个方向是他姐姐老公的家。他告诉我，小时候他们上学经常从这个路口经过。他们经过哪一家人的门口，那家的妈妈就会着急地跑出来，塞很多的烧饼给他们吃。

"那你是不是从小就很受欢迎呀，小王子？"我揶揄他。

"并不是。我初中的时候就一米五六。"

"一米五六？"

"嗯。虽然只有一米五六，但我很热衷于打群架。我们有两拨人，动不动就干起来。我们拿着钢管，约一个空地掐架。这个很影响学习，所以后来毕业了，我爸就用我打架的钢管狠狠揍了我一顿，问我到底还要不要念了。"

"于是高中就走好好学习的路线了呀？"

"当然。高中我就长高了，每天半夜都腿抽筋。那时我可好好学习了。经常为了念书好几天不洗头。但就是这样，那些女生还动不动就黏着我，很影响我的学习。她们动不动就在寝室议论我，还因为不能和我坐同桌这件事，挨个儿到老师那里哭……搞得我也很苦恼……"

"红了压力很大吧，曼陀罗小王子。"

"一般吧。后来我想要是那时候继续打群架，说不定也能当个头头，到时候你就是压寨夫人。"

"神经病。"

我们一路欢声笑语。在那个生养他的地方，他变成了一个特别平和的人，平时武装起来的硬壳也收了起来，看烟花的时候，握着我的手，我偷偷看他的眼睛，和小孩子一样闪亮。

那时他是认真想和我交往，还亲自打扫了家里的各个角落以及老家的茅坑，怕我觉得脏。其实他自己也觉得脏，平时都不碰。

他骑着摩托车带我穿过田野，按照当地元宵的习俗，我们一家一户地送灯、点灯。路上的乡亲都跟我们打招呼。长辈们摸着我的头发说真长真漂亮，小孩子们有些陌生，怯怯地看着我。王子天的奶奶一直握着我的手说，好，好，好。

北方冬天的风有点儿冷，我从后面抱着他，靠在他宽厚的肩膀上，像所有少女心影视剧里一样，闻着他身上的味道。摩托车飞驰起来的时候，那种感觉像是我是这个世界上最富有的人。我拥有一种难以名状的巨大幸福，那幸福满足了我少女时期所有对爱情的期盼和幻想……

那时他是认真想和我交往。半夜和我睡在一起的时候紧紧抱着我，好像生怕我会消失。分分秒秒黏着我，让我觉得好像我已经是他的妻子。

我该怎么去描述他黏我时的样子？那个样子让我日后终于明白，他确实是个浑蛋的时候，都有那么些于心不忍。

"杨医生，你读书多，你告诉我，是怎么回事。为什么人能说变就变，还是他从没改变，只是我从一开始，就没有认清他？如果是，是我的问题还是他的问题？"我把自己从那些回忆的水流中抽出来，身心疲惫。

"等下，陈小姐，可不可以给我描述一下，你少女时期关于爱情和性的幻想的具体模式？"

"啥？"

"我就是想确定下你喜欢的类型。"

"就高中的时候……大家都会喜欢的那种啊……"我不死的少女心让我说这件事的时候，眼光四处躲闪。

"所以是哪种？"心理咨询师僵硬的微笑暗示着他已经极度不耐烦了。

"眼睛里有大海，笑容里有阳光。"

"说中文。"他摊开笔记本。

"长得帅。"

"还有呢？"

"走廊上有逆光的时候，走过来一位白衬衫少年。谦谦君子，温润如玉。"

"你说话能不能简洁点儿？"

"干净。一定要干净。"

"为什么不去男澡堂门口等着，出来的都很干净。"

"男生青春期梦遗的话，梦里面出现的姑娘不都是小龙女一样白裙飘飘的吗？所以白衬衫是个通杀的武器。"

"不要转移话题。除了长得帅和干净之外呢？"

"成绩好。理科生或者工科生。不要文科生。给你讲题的时候简直帅得想脱衣服。"

"……还有呢？"

"会修灯泡、马桶。尤其要会修电脑。"

"……然后？"

"会洗碗，会拖地。"

"啊？"

"我愿意做饭，所以希望他能够洗碗又拖地。男人洗碗和拖地的时候实在是太性感了。以前王子天拖地的时候，我就录制过一段视频，没事的时候我会拿出来欣赏一下。"

"……你的爱好蛮特殊。就这么多了？"

"嗯。基本就这么多。"

"以前我有个女同学和我说，她妈妈从小就教育她，宝宝，你看看你爸爸，什么都会修，修电视机，修洗衣机，修收音机……所以啊——"

"嗯？"

"所以你一定不要找一个这样什么都会修的男人！因为老娘用了一辈子旧洗衣机、旧电视机、旧收音机。就说那个收音机，我把它摔了那么多次，他还是能够修好！到现在智能手机都普及了，我还是没有用上新的收音机！二十年了！所以陈小姐，你能不能稍微细化下你的择偶标准，比如说，一个正常的姑娘都会说，我想找一个对我好，最好能有车有房，两个人能谈得来的一起搭伙过日子。"

"我说得很具体啊！洗碗这一条都加上去了，还不够接地气吗？"

"并没有。比如你男朋友身上，就有很多现代女性绝对不会选择的特点。"

"你无非要说些什么王子天是个凤凰男，嫁给他不会有什么好结果，我只会吃苦的话呗。"

"给一个人贴上凤凰男的标签是现代社会一种很无聊的现象，并没有多少人具有给他人贴标签的权力，虽然如今社会新闻的头条一直乐此不疲地在把个人的私事当作娱乐，无论是观众还是媒体，都爱给每一个名人扣上'小三''直男癌''同性恋'的帽子，对号入座。'凤凰男'也是这样一个被攻击的群体。

"这么说，并不代表我是站在你男朋友那一边的，虽然我也是从农村考上来的。刚到这个城市的那段时间，我很迷茫，我抬头看那些高高在上的广告牌，我翻阅每天与我无关的报纸头条，我能够提着一包东西挤地铁不扶栏杆也站得四平八稳。从一开始，我就知道我对这个城市来说，只是个客人。但我还是很讨厌一种男人，我讨厌他们酩酊大醉之后在酒席上大声吆喝，一边喊着自己多么草根，多不容易，一边对身边的女人发脾气。好像全世界就他最光宗耀祖一样。陈广白小姐，如果你男朋友是我说的这种浑蛋，无论他多么聪明，多么卓越，也一定要离开他。

"不是因为他妈妈要求你长得像范冰冰，也不是因为他有多挑剔你，或者多么限制你的人身自由，不是因为他暂时买不起学区房，也不是因为他没法儿让你穿上 Vera Wang，甚至我们可以退一步，并不是因为他出过轨，而是因为他从根本上就是个浑蛋。"

"但这个世界，最后有好结果的，往往就是他这种浑蛋。像我这种软弱的女人，最后多是一事无成。也许我嫁作人妇，挣扎在另一种生活的琐碎里的时候，他已经一步步爬到金字塔的顶端，生活过得越来越好。一个男人只要足够无耻，就会有很多女人前赴后继地愿意为他牺牲，在深夜等他的电话，给他买袜子织围巾，含着眼泪原谅他出轨，死心塌地等他浪子回头。

"你知道吗，我很不甘心，我不甘心，最后有好结果的，反而是这种人。"在酒精的刺激下，我心里的阴暗人格终于爆发出来。

"那就不要让他有好结果。"杨天冬的酒杯轻轻碰了我的酒杯。

"不过，你可真要舍得才行。爱情本来就是一种短暂性的神经病。让我用一个正常人的审美告诉你，你男朋友，真的长得很丑，跟阳光帅气没有半毛钱关系。所以你对他，绝对是真爱。"

为了治疗我的"痴女症"，开始的时候，杨天冬给我发了很多惊世骇俗，却又让我不得不承认说得很对的黑鸡汤。比如：

"女人比男人更能忍受痛苦。她们靠情感生活，一心只想着情感。她们看中情人，无非是可以找个人哭哭闹闹。"

"往事的魅力在于其已成往事。而女人们从不知道什么时候帷幕已经降落，往往还想要第六幕。戏剧的矛盾已经全部解决，她们却要求继续演下去。要是遂了女人的心，一切喜剧都会出现悲剧性结尾，一切悲剧都会以闹剧的形式告终，虽有几分吸引力，却虚假做作，毫无艺术性可言。"

"恐怕女人欣赏冷酷，欣赏极度冷酷，胜过一切。她们有一种了不起的原始本能。我们解放了她们，而她们依然做着奴仆，照样寻找着主人，喜欢受人支配。"

"只有浅薄的人才需要好几年才能摆脱感情的纠葛。一个独立的人能够轻而易举地了却悲伤，就像他能随意自得其乐一样。"

每天睡前醒后，我的各个社交软件都发来这些可怕的推送，有文字，有漫画，也有视频。杨天冬说这都是他们工作室推送中的精华的精华，我这种病入膏肓的，应该多喝点儿鸡汤。

杨天冬的工作室和我想象的完全不一样，因为这里根本就是个开在闹市区小巷子里的咖啡厅。

"你这样骗钱，真的好吗？"看着咖啡厅里人流如织，我发自内心地质问杨天冬。

"每天我们都会针对不同的感情问题搞讲座，办卡的会员不仅可以免费听讲座，还能免费点餐。是不是很实惠？"杨天冬骄傲。

"那我一定努力把八千块吃回来。"

"你能不能有点儿出息。那些养生会所不也是这么骗钱的吗？我跟你说，你搞成今天这个样子，都是你作的。你已经作成了一朵圣母白莲花。人在照镜子的时候都会美化自己，你也是在不停地美化自己。所以我和我的工作室成员商量后，第二步，我们决定给你介绍个病友。"杨天冬嫌弃。

"我没病！"我极力抵抗。

"王子天对你好不好？"

"不好。"

"王子天是不是渣？"

"是。"

"出了轨？"

"是。"

"经常骂你？"

"是。"

"对你冷暴力？"

"是。"

"那你还爱他？"

"爱。"

"你还说你没病。来，陈小姐，这位是你的病友，李雅。"杨天冬把坐在旁边的红唇姑娘介绍给我。她肌肤雪白，微胖，乌黑的头发烫着波浪，双眼皮贴不着痕迹，穿一件 V 领小黑裙，胸部若隐若现。

"你好，我叫李雅，是个小三。"这是李雅跟我说的第一句话。吓得我差点儿从椅子上跌下来。

当然，后来我才知道这只是李雅一时的气话。人总有一段极度自我厌恶的时间，每天对着镜子，自己都喜欢不起来自己。我见到李雅的时候，她正处于那段时间。她和一个男人在一起半年之后，才发现对方已婚。然后就遇上了所有晚八点档电视剧都会出现的剧情。她说那时候她看《蜗居》，每个情节都懂到骨子里。

她憎恨那个男人，平均每三天分手一次。每次分手，那个男人都会为她买很多东西。李雅收了他的东西，就在心里计划，干脆让他接着送，直到他倾家荡产。当然，这都是气话，李雅只是不想承认自己爱上了这个浑蛋。所以干脆故作轻薄地说："只要给我钱就可以。有钱我就会快乐。什么东西都用最好的我就会快乐。"

来杨天冬这里治疗，也是那个男人送过来的。他说这地方可能没什么作用，但至少能有人听李雅说话。

李雅的脾气很不好。说话像放炮仗，嘴不带停，说什么都一定要压过别人，这点跟王子天很像。我感觉这其实是情商低的表现，但懒得跟她争。

其实我很羡慕她这种什么都想说出来的人，对许多人来说，说太多是一种劳累和负担，但是对他们来说，不说反而是一种劳累。

这天，她跷着腿，边嗑瓜子边教育我的时候，已经因为吃东西上火，嘴破了，亲妈都说是嘴太坏搞的，该。

"我来这里就是打发时间，我现在，班也不上了，每天最大的任务就是花钱。你呢，来这边干什么？"

"我来治疗。"我咽了咽口水，回答道。

"杨老师为什么把我们俩分到一组？还叫什么'镜子疗法'？看看对方有多糟糕，好让自己能早点儿走出来吗？呵，真是无聊。像我们这种在感情里活该犯贱的，还凑在一块儿，一起犯贱吗？"她说杨老师这三个字的时候，充满了调侃味道。大概她也觉得，这世道，连学生都出来开工作室，招摇撞骗了！

"你的情况，杨老师已经和我说过了。"

"是吗？"我又吞了吞口水，没来由地紧张。

"你吧，就是典型的又想当婊子又想立牌坊，活得累不累？"

"啥？"

"你们现在这样，基本上也就是没戏了。你，一看就是自身魅力不够，找不到比人家条件好的。何况我听说那个男的条件也不好。找不到新的，还说自己多爱多爱，一副多痴情的样子。关键被虐成这样，还不反击，真是丢人。"

"没有报复的必要吧。"

"呵。交给我吧。"

"……真的……没必要的……"

"少废话。"李雅用叉子叉起了盘里的苹果片，嘎嘣嘎嘣咬得脆响。

李雅打开我的电脑，噼里啪啦地敲击着键盘，瞬间我好像看见了另一个于疏影。

"登他的邮箱，可以看他最近的工作情况和每次登录的时间点。你看，这个显示网易火车票登录，说明他最近买了火车票。他为什么买火车票？登他的 12306，看看他买的是去哪里的票，看看常用联系人有没有添加什么新的你不认识的人。"

我吞了吞口水，斜眼看着李雅："你是学软件的？"

"嗯。我是个程序员。"

"哇——"

"屁。我肯定是有这个天赋的。但我是个职业小三。"

"……小三是职业？"

"嗯。但是只帮女人。让渣男全部净身出户，自打自脸，自我毁灭，感受到深深的悲哀。帮我们的女顾客争取最大的权益。"

"还有这种职业……"

"我们对客户要求很高。一般只有两种女人能成为我们的客户，一种是有钱的；另一种呢，是更有钱的。"

"……我没什么钱，还是不做你们的顾客了……怕付不起……"

"呵，就你对象那样的，倒贴我，我都不去当他小三。"

"他已经有小三了。"

"照片我看见了。简直是对小三的一种侮辱。我说你，根本就不懂夫妻相处之道。"

"什么相处之道？"

"男人啊，不能爱得太多，跟在后面唠叨，宠着惯着，他会觉得理所当然；应该让他做事，哪怕自己跟在后面擦屁股。比如说，让他为我早起做早饭，洗碗，临睡冲蜂蜜水。他付出，到分手的时候，他痛苦。而且让男人做事很简单，就是一个字，夸。哎呀你炒饭做得太棒了。撒娇。然后他就会说，真的吗，下次我学那个，碗你不要洗放着我来。

"别拿他当儿子，把男人当成不是亲生的儿子，做个漂亮的后妈人人夸。就是御夫之道，因为男人都愚蠢。"

"我知道你说的都对，但我觉得这样做很没意思。市面上有很多这样的书本和教程，好像爱情是一种攻城略地的方式。我不喜欢。我以为相爱就是相爱。大家情投意合，不用算计对方，然后因为拥有一份充满安全感的爱情，不用再浪费时间在无用的情感纠葛上，就可以全身心地专注于自己的事情。我爱他，不想用什么方法来对付他。我知道你肯定看不起我这样的人。"

一口气说完自己内心的想法是件很爽的事。我知道呀，我得了和自己过意不去的心理疾病。

对面的李雅沉默了会儿，从包里掏出烟盒，点了一根，也递给我一根。

她似乎想都没想，就认定我是个会抽烟的人。

"你吧，一点儿都没错。你说得很好，真的，我都被打动了。"

她点点头，"就你这种一把年纪，还张口来一句真爱，半个字没沾房子车子的人，我算是没见过。小姑娘，你什么都对，你呀，就是爱错了人。不信你当面问问你男朋友这个人渣——他这周五要回来了，我帮你查了他的旅程表。你有什么想说的，当面和他讲清楚吧，尽早断了念想。

　　"你还年轻，爱错人了尽早收。要不死无葬身之地。"

王子天

我已经不爱她了。

听到她的声音我就烦。

没什么好说的。我希望她消失在我的生活里。

她能想到的所有理由都是正确的。我厌倦她的一切。

Chapter 09

不合脚的鞋子，心里再喜欢，也不能再穿了，否则疼的是自己。

杨天冬和李雅给我准备了很多资料，让我一次看个够。

"所有的门窗都给你锁紧了。我跟李雅就在后头，桌子上的杯子和碗筷等会儿你都能砸。后面还有一个厨房等着你。"杨天冬拍拍我的肩膀。李雅叹了口气，一副自求多福的表情。

他们为我搜集了足够多的信息，那些不会说谎的数据告诉我，我从来不了解王子天这个人。

"他不叫王子天？"我皱了皱眉头。

"他的身份信息有过变动，包括姓名和年纪。其实这很正常。这年头改动姓名、年纪的人比你想象的要多。人总是在追求卓越的时候对自己的起点不满意。"

"你们是怎么发现的？"

"是通过他的一个中学同学。我们用你的社交账号发布了些信息，正好他的一位中学同学看见了，欣赏你美丽的容颜，主动和你说话了。不过他的这位中学同学已经结婚生子，年纪比较大。中学同学就说，那王晓天应该比你大很多啊。在这位同学口中，王晓天是个成绩很好，很聪明很努力的学生。"

"他一直是个勤奋的人。"我点点头。

"坏人一般都比好人勤奋。除了高考代考那事，他又没做过什么作奸犯科、违法乱纪的事。多数人眼中，他就是个出身贫寒的有为青年，多少商业巨头的原型。从小就知道圈子的重要性。多数人上了普通的大学，只知道抱怨学校垃圾，他就想办法逃出来。逃这个词是他自己说的吧，多大的野心，多有为的青年。成功的多数都是这种人。你看，他是不是一直混迹于各种校友聚会？在拉帮结派、称兄道弟这件事上，他最有经验。这种人，不应该去搞科研，应该去搞传销。"杨天冬说。

"要说幼稚的地方，就是在女人这件事上，太自以为是。"李雅在后头点了根烟。

"我希望你看看这些。这是周雪提供给我们的。"杨天冬滑动鼠标，点开一个文件夹。

"周雪？"

"是。这位当街骂你的情敌，在知道我们要执行一场对王子天的报复之后，欣然提供了所有能够提供的信息和资料。"杨天冬笑笑。

"也别全信她的。我看了，那女的也不是什么好人。金庸小说读多了，刻薄得跟黄蓉一样。之前动不动就在网上发些骂小三的帖子，没错，骂的就是你。后来自己幸福之后，就开始分享些什么'多谢当年不娶之恩'的微博段子，典型的没脑子还爱乱咬人。一天到晚关注些什么'瘦到 90 斤'，但就她那个身高，至少也得瘦到 80 斤吧。唉，总之是个很 low 的人。但就她这样的，放在之后所有那些什么小三、小四之中，质量还算高的。可见你男朋友能吸引到的女孩，也就那样，而且基本觉悟得比较早。"

李雅总是骂人不带脏字。

我吸了口气，说："李雅……"

"咋了？"李雅有点儿害怕地问我，怕自己话说得太诚实，刺激到了我。

"给我根烟。"

后来我抽了两包烟，看完了杨天冬为我搜集的所有资料。

应该还是大学时候的某个寻常下午，那时我还没遇见王子天。

周雪和他抱怨道："我今天去了趟超市后，这两天家教赚的两百块转眼就没了。"

"我们这儿也是有便宜的有贵的。都买啥了？"王子天问。

"买了各种生活用品。洗面奶，洗发水，乳液……都用完了，就等着这周赚了钱买。"

"哦。该买什么也不要太省了。没钱的话向老公要。"

"老公是有多富有啊？"

"老公是最富有的人，因为老公有老婆。"

周雪的年纪比王子天大，再加上在家里是长女，有两个妹妹，算是比较会照顾人的。

"我不想我未来的先生太辛苦，所以我也要努力。我要学开车，那么他开累了或者酒喝多了可以换我开；我要有稳定收入，那么就算他工作出现挫折我也可以支撑他重新开始；我要学做很多款式的饭菜汤，那么就算天天吃我做的饭他也不会腻；我还要把自己的身体养好，那么可以陪他更久更久，我知道没有我他会孤单。"之前她总是分享这样的帖子，能看出来是个好女孩。

"愿意喜欢王子天的，都不是什么爱慕虚荣的女人。他一没钱，二还没人品。除了会骗人，没什么本事。追的时候甜言蜜语，到手后就开始百般挑剔，对方身高矮了，长得不像范冰冰了，不够勤快了，不能持家了。一套一套的。"李雅说。

杨天冬提醒我说："他给女生设置密码。以前设置的是SX521，后来遇见你，就设置成 xiaobai521。女生的称呼永远都是宝贝，最近又把谁设置成了 'baby'。这种人是没救的，他要是成功，也是中国的不幸。我在他身上，看不到一点儿对人的基本尊重。"

这份资料是按时间轴的顺序展现在我面前的，看了这份资料，我忽然有些理解，为什么周雪当时闹得和泼妇一样。当我受到更深的伤害之后，我能想象出她的痛苦。

周雪说："前天去看电影，去时走两站地，脚底磨了个泡，回来时走两站地，在原来泡的旁边又出现个泡。昨天去做家教，回来时发现两个泡连通起来了，果断拿针挑之，但是，今天居然发现半个脚底都肿起来了，于是，我变成了瘸子。事实证明，不合脚的鞋子，心里再喜欢，也不能再穿了，否则疼的是自己。"

"你男朋友这种人，专门挑老实小姑娘下手，不是能给人带来幸福的人。他和周雪谈恋爱的时候，也没少四处勾搭。现在看清楚点儿也好。信我，你没必要见他了，姐睡的男人比你见的还多。早点儿让这种人消失在你的生命里。他就是摊烂泥，只会把人往下拽。"

李雅又递给我一根烟。

"你看，把时间轴拉到最近，他都开始玩约炮软件，同时勾搭好几个小姑娘了。这就是他在忙的事情，这就是他没时间接你电话，正在忙的工作。他忙着找新欢呢宝贝。"李雅自己也点了根。

说实话，我蛮不相信王子天会用软件去偶遇谁。

这在我看来是件很幼稚的事，我知道他是个孩子，但是不知道他是个这么幼稚的孩子。

王子天用了某个类似"漂流瓶"的非主流软件之后，没几天就把一个女生的备注改成了"baby"。大概是中文的宝贝用得太多了，只能用英文缓一缓。

面对一个没见面的女孩，他的殷勤程度可见一斑。

姑娘很正常，一副高冷又爱理不理的样子。

"这么晚还不睡呀？"王子天问。

"我说看下你照片。"姑娘单刀直入。

"哦~呵呵~可以呀。"

"嗯。"

"我平时不大拍照。我找下啊。哦，那个偶遇空间里的照片你看了吗？那个应该是我这一年所有的照片了。而且我手机上是没有美图软件的~哈哈。不过朋友都说我不太上相。哈哈~(づ￣3￣)づ"

"说了这么多你还是没发……"姑娘懒得理会他一个人的自我陶醉。

王子天唰唰发了几张照片。有几张还是我给他拍的。

"不好意思姑娘，刚才接了个电话。这是我相册里所有的单人照了。我身高一米八，体重一百三十斤，不戴眼镜。嗯……还需要其他信息吗？哈哈，好像被查户口~

"哦，还有我的职业规划，我现在在 MOOLI 实习，以后工作可能会选择腾讯、阿里、MOOLI 等国内一线企业，也可能选择一些发展好的外企，当然更倾向本土企业。打算三到五年技术积累以后，再出来创业。

"姑娘，实在不好意思啊，给你回晚了。希望没打扰到你休息。晚安~(づ￣3￣)づ

"希望姑娘方便的时候，也能给我介绍下自己哦~感觉姑娘还是有点儿拘谨啊~"

"不太喜欢别人了解自己太多。"这个高冷的小姑娘依然保持克制。

"怎么了？好忧伤的感觉。"于是在这样一个容易空虚寂寞冷的深夜，王子天开始关心对方的心灵。

"你们都放假，我要值班。"

"你不放假不也没事吗？上次听你说，你上班比较松的。"

"但还是要上班……"

"嗯。也还好吧。反正有太多好玩的去处。下午打算去城市大学图书馆找同学自习去。"

这么多年过去了，他还记得要去图书馆自习。真是不容易。

"哦，没去过。不知道。"姑娘显然对这个话题不感兴趣。

"城市大学在我住的地方附近有个实验室，做管理层面研究的。可能姑娘你不是太感兴趣。"

"你看了也别生气，现在这样大半夜四处聊的男人很多。你男朋友也只不过是个普通人，约炮软件有那么广的用户群，一定是有它的道理的。你没想到他会用约炮软件勾搭姑娘，是因为在你眼里，他是个闪闪发光的爱人。"

我看那个最新勾搭的备注名为"baby"的姑娘的签名上写着：不要问我身高，大家都一米多，没什么好问的。心想她也没一米七吧，但是怎么她没一米七，还对王子天爱理不理呢？

"大家都不傻，要是所有人都看清他是这样的人，他就真的只能一个人了。"我摇摇头。

"你就是个傻 ×。"看着我痴痴的表情，我的心理医生来了这么一句，摔门而出。

"哎，我说，杨医生，你也太不专业了吧，治我的时候，也不见你这样啊！杨医生——"李雅喊道。

"你别理他。他之前不是这样。我做了这么久的心理治疗，他之前没动过这么大气。估计是你真的没救了。"

李雅安慰起人来还是这么刻薄。

我想做个了断。

不管怎么样，我想做个了断。说我傻也好，圣母心也好，我想做个了断。

如果他是喂大的狼，只有我知道，他是怎么变得这么嗜血又无知的。

手机忽然响了，隔了这么久，王子天的头像亮起在屏幕上。

李雅一下挂断了电话。

"不准接。"她的眼神没有一丝商量。

一分钟后，我收到一条王子天的信息。

"明天回水城。晚上八点母校门口见。"

"你管不住我的。我要毁，也就毁在他手上了。"我对李雅说，也是在对自己说。

Chapter 10

一顿饭的恩人，百顿饭的仇人。

杨天冬

那天摔门出去后，我又去楼下的酒吧喝酒。

我已经戒了十一天。十一天，整整十一天，我都没碰过酒杯。

可惜今天，十一天的累积都变得毫无意义。不知道在周末的戒酒协会上，我要说些什么冠冕堂皇的理由。

李雅在我旁边坐下，横给我一个眼神，意思是，有酒为什么不带她喝。

"你知道不，大家都说杨老师以前对待病人可冷静了，这会儿这么认真，动不动就发脾气，是喜欢上病人了。"李雅拨了拨头发。

我用余光看了她一眼，虽然对女人的容貌和气质，我总是很挑剔，但不得不承认李雅的美，那是一种妖艳但又能散发出天真单纯的气质。

不过我不会夸她美，要不她能把头发甩起来。

"只不过是短暂的假性亲密关系。"我说。

"我知道不是的。"李雅吐了口烟圈，"杨老师，对感情这件事，没什么信心吧？"

"嗯。"被李雅看穿，我不意外。她是那种非常聪明的女人。奇怪的是，往往就是这种又聪明又有一副姣好面容的女人运气不太好，除了天妒红颜，我想不出其他的原因。

虽然我的这个心理诊所很业余，外面挂的招牌也是咖啡厅，但既然进入角色，我也是看了很多心理学书籍的，还参加了很多心理学考试，基本证书也都有，不过我懒得解释这些。我的一个老师是市内知名医院的心理医生，每天排队请他看病的人从走廊这一头排到电梯口。他年纪不大，却长了很多白头发，他总是和我说，其实他对咨询者说的很多话，基本上对他们的人生毫无帮助。我知道他在内心是个有些悲观的人，不知道他每天下班后，一个人开车回去，堵车在高架上的时候，会不会偶尔像王家卫电影里的男主角一样，想变成一只一生都不会落地的鸟，飞出窗门，永远飞下去。

"我没把你们当病人。你们只是对某些事情，比普通人要更加执迷。"我递给李雅一瓶啤酒。

"普通人的话，随着时间的流逝，对待很多事，爱也好，恨也好，会慢慢抚平。也许一开始需要人规劝，渐渐地，就算再怎么因为痛苦颓废，也会自己说服自己，回归到正常的生活里。人和野兽、昆虫，很多时候是没有区别的，我们不需要因为统治了地球，就有什么优越感。只要是活物，就会有自我保护机制。可是总有一些迷途的人，陷在沼泽里，怎么也走不出来，怎么也学不会放弃。

"这类陷在沼泽里的人，在我心里，是可爱的。罗杰斯从不把病人称为病人，而是叫他们来访者。他说，人在本质上是可信赖的。人具有不需咨询师的直接干预就能了解及解决自己困扰的极大潜能。我理解的大致意思是，来访者最后，都是自己治愈自己的。"

"杨老师为什么那么讨厌陈广白的男朋友？"

"对她男朋友的客观评价是我的工作。"

"是你之前也被王子天这样的男人伤害过吗？"

"你脑子里都装着什么不健康思想？"

"真是不专业。什么心理诊所，果然是出来骗小姑娘钱的。"李雅笑着喝了口啤酒。

"都说了，我们那是咖啡厅！正经经营的咖啡厅！我们诚实劳动，合法经营……"

我对王子天这样的男人，存在一定程度的偏见，确实和个人的情感有关。

因为陈广白这个故事的升级版本，我看过。

我有八个表姐，一个比一个精致美艳。她们从我的童年时期，就提升了我对女人的审美。

所有表姐中，我最喜欢的是芸芸表姐。

芸芸表姐身上有一种很天真的少女气息。这种天真，一直到她孩子长大之后，依旧保持在她身上。我很少在其他女人身上看到这种天真。我不是说其他女人世俗，我比大多数在婚礼上闭着眼睛说誓言的男人，都要尊重妇女。我的意思是，表姐的天真有种悲伤的味道在里头。

表姐的父亲，我二舅，在小镇上是个厂长。表姐从小衣食无忧，吃穿用的都是最好的。她脾气很好，不爱说话，总是眯着眼睛笑。

大学以前，表姐都没恋爱过。

她喜欢看《大话西游》，她说，有一天她的意中人会身披金甲圣衣，驾着七色祥云来娶她。

她在梦里看见他们肩并肩走过一条长街，梦里是个雪天，她一路都很开心，等她抬起眼，想看清她意中人的样子，梦就醒了。

我嘲笑表姐说，你韩剧看多了，这个世界上没有那么纯净的爱情。

表姐说，这个世界上存在这样的爱情，只是我们不一定有运气能碰到。但天冬，我们不能因为自己碰不到，就说爱是不存在的。

她固执得像个和老师争辩标准答案的学生。

那年冬天，表姐就碰见了她的命运。

二舅给表姐买了一张刘德华演唱会 VIP 座位的票，第一排，最中间的位置。

那一排的票贵到人都没坐满。

我帅气的姐夫在演唱会一半的时候出现在观众席的角落里。他恶劣的人品并不影响他的帅气，他的无耻更是给他的英俊加分不少。

那时还是个小混混的姐夫，眯着眼睛，观察了演唱会第一排所有的人。

他的视力很好，好到他一眼就从表姐雪白的大衣里，看见了那种致命的天真。

按后来他自己的话说，她是第一排所有人中最好下手的。

一个月后，他们结了婚。

我表姐夫买不起那场演唱会的门票，他那时还是个买包中南海都跟女老板油腔滑调赊账的穷小子。

他在女老板那儿借火点了根烟，斜着眼说："你就看吧，孙姐，我是要当大老板的人。"

孙姐嗑着瓜子说："我知道，你没爹没娘的，最有饭吃的，就是你这种从小没饭吃的人。"

我姐夫在抽那包赊来的烟的时候，看到小店门口贴着一张刘德华演唱会的海报。

他掐灭烟头，问："孙姐，这票得多贵？"

孙姐笑笑："好几千呢，别想了。"

一个月后，我姐夫让人送了一箱中南海给孙姐。

他娶了芸芸表姐，帮我二舅管理厂子。结婚后，我二舅出钱给他买了辆长安 CS75。那天他开车带我去二舅家，也怪我多嘴，在车里说了句，听说国产车很不经撞，和进口车在路面上撞了，受冲击严重的一般都是国产车。

他没说话，沉默地开着车。

后来，我听芸芸表姐说，有一天他在夜里开车的时候，下了雾，没看清路面，车子撞到了电线杆，幸好人没事，就额头磕碰了一点儿。

过几天，他来接我去二舅家，开着一辆崭新的白色奥迪 Q3。

再过几年，他自己就不开车了。厂子越做越大，他在小镇上混得开，白道黑道都是他的人。他出名地讲兄弟情义，之前混世那会儿就拉帮结派，混出来之后，兄弟更多了。

你十个兄弟里，有一个去嫖娼的，另外九个基本上都会去嫖。

有两个去赌博的，另外八个也不会落下。

十个男人一起喝酒，把老婆卖了，也不会出卖一个兄弟。

厂子那年效益很好，他开心，冬天去澳门赌了一夜，欠了一千万，回来被警察扣了起来。

还没关一夜，他以前的兄弟找人把他赎了出来，开着车，满城市跑，吃喝玩乐，叫了一堆漂亮小妞，满会所天女散花地散钱。

不得不讲，我在说这件事的时候，语气里是有敬佩的。

就像人们看凶杀案，会佩服那个逍遥法外许多年的杀人犯。一个从头到尾的反派，有时候比一个善良正派的老好人要受欢迎得多。人本来就是靠法律和道德限制的野兽，那些穷凶极恶的无耻之徒，不择手段，不知悔过，贪婪得如同垃圾堆旁的野狗，又机敏得如同掌握着命运色子的上帝。

他在没钱抽中南海的时候，就已经明确了自己要什么。

后来他总是玩女人，芸芸表姐就和他离婚了，一个人带着女儿菁菁。

我不觉得可怜，总比我姐夫带着孩子长大好。

我的这个表外甥女，从小就比同龄人要优秀好几个档次，家里的证书，她的大卧室都贴不下。她八岁的时候就比很多十八岁的孩子还要努力。

小学的时候，别人问她："怎么天天都是你妈妈来接你，你是不是没有爸爸？"

"我爸爸很忙的，在国外谈大生意。"她说这话的时候几乎是昂着头看别人，像只不会低头的天鹅。

"那又怎么样？他照样不会陪你去游乐场。"同学说。

"暑假的时候，我爸会带我去欧洲玩。你去过欧洲吗？你只去过周庄，你知道威尼斯是什么样的吗？"

菁菁从小就知道如何在气势上压倒别人。

当然我姐夫并没有那么在意她。

他在外面飞一圈，回到这个已经解除法律关系的家，基本上就是倒头大睡，不会陪女儿。

菁菁会隔着门，偷看这个从大洋彼岸飞回来，呼呼大睡的爸爸。她蹑手蹑脚，不想因为吵醒他惹他生气。

芸芸表姐向来软弱，有一次说："你也陪陪孩子，尽点儿责任。"

"我像她这么大的时候，连亲爹是谁都不知道，她已经很幸运了。"

我姐夫穿上鞋子，戴好手表，再见都没讲，又不知道去哪里风花雪月了。

男人都会羡慕我姐夫这样的男人。他长得帅，像混血，一脸痞气，看人的时候，目光总是四处游离，你永远不知道他在想什么。

他最不缺的就是女朋友，后来他找的小三都是外国妞，在国内的内衣店都买不到内衣。

那些曾经给过他恩惠——哪怕是一根中南海——的人，他都记得。

他报恩报得一点儿都不拖延，所以他身边有的是愿意为他出生入死的弟兄。

帮他最多的芸芸表姐，他却一直置之不理，冷言冷语，没半点儿温存。

芸芸表姐自嘲地说着中国怨妇最爱的一句台词：一顿饭的恩人，百顿饭的仇人。

她一直没嫁人，离婚也只是怄气，她对那个男人的感情她自己也说不上来。

陈广白就像她。

一个人，如果过度痴迷于一份长久的感情，基本上就会毁灭自己。如果你一味痴迷于你的执着，最后，你会被你的执着吞没。

芸芸表姐最常说的一句话就是："你们都说他是个浑蛋，但他对我好的时候，你们都不晓得是怎样好。"

后来有段时间，菁菁去上寄宿制初中了，只剩芸芸表姐一个人在家。

大概是没了寄托，她经常半夜给我打电话，和我絮絮叨叨，一打就是一个钟头，说些琐碎繁杂的心情。一件很小的事，反反复复能说很久。

我听得蛮烦。

有天又是半夜被吵醒，我发火了，第二天就是我的大学毕业答辩，能让我睡个安稳觉吗？

"全世界就你最惨吗？能不能不要作了表姐。"我皱着眉头骂她，"人不作死，就会开心。能不能不要这么矫情？你这样，一开始别人可怜你，最后只会觉得你烦。"

人会美化自己的记忆，所以，我当时说的话，应该只会比我回忆的这些更过分。

芸芸表姐在电话那头沉默了会儿，然后说："知道了，你睡觉吧。"

那是她给我打的最后一个电话。

我不知道那时候她每天都在吃大量的抗抑郁症的药。

不知道她割腕割了好几次。

不知道她经常一个人在家，不吃不喝，哭一整天。

不知道她给很多人打电话，很多人烦她，她也不想让父母知道自己这个状况。就吃药，睡觉，吃药，再睡觉。

行尸走肉一样地生活。

菁菁不喜欢她的妈妈。

她从小就讨厌软弱的人，也不允许自己软弱。

一个天生有缺陷的人，为了不让别人觉得自己有缺陷，就会表现得比一般人都要强势。就像我以前有个病人，在青春期的时候，被班里的同学称为丑女，成年有了经济能力之后，她开始变本加厉地打扮自己，整容上瘾，一次又一次达到自己心里的期许。那种狠劲是对过去时光的一种报复。过去的时光是不可逆转的，受到的耻辱也是不可能抹去的。她佯装对自己的容貌无限自信，是因为她丑陋过，也知道丑陋是一种什么滋味。

菁菁从小就见过一个软弱女人的下场。

她见过芸芸表姐在房间里发疯地拨电话，问老公什么时候回来。

见过那些她爸爸在外面找的女人，趾高气扬地开着爸爸的车，停在家门口，等她爸爸。

见过妈妈太多的眼泪。

她受够了一个女人的无能。她不想成为妈妈那样的女人。

她拼命成为一个优秀的人，但在某些层面，她的人格也是有缺陷的。

对自己的母亲，她在心底，是看不起的。对自己的父亲，她又是迫切想要证明自己的。她从小就要做个精英，当然，她也一直都是。

初中时候男生写给她的情书，她总是看都不看，当着男生面就扔。反正她晓得，只要她够美够优秀够冷漠够自我，她会收到更多的情书。

当时我去学校看她，开玩笑和她说，长大后，对男人手下留情，不要玩他们。

她笑得很克制，冷冷地对我讲，尽量。

这个冷漠的小菁菁，对自己的要求很严，对她妈妈的要求也一样严。

她也不只一次接到表姐那有病呻吟的电话，然后冷酷地说：

"妈，我很忙。没什么事，你别找我了。"

我们都为我们说过这样的话而后悔。

尽管再给我们一次机会，我们还是会说同样的话。

大学毕业典礼结束后，我和室友们去毕业旅行。在厦门的一家小旅馆，我忽然接到一个电话。

一接，是菁菁号啕的哭声。

"舅舅，妈妈——

"舅舅，妈妈——

"舅舅，我就是个畜生。"

她重复了很多次，都说不出那个消息。

芸芸表姐那天吃了很多抗抑郁症的药，精神恍惚，下楼买菜过马路的时候，出了车祸。

"舅舅，都是我的错。"她的哭声没有停过。

我的嗓子哽咽，说不出话。

从那个假期起，我开始没命地酗酒。

因为酗酒，很多姑娘和我分手。姑娘走了没关系，我还有白兰地、威士忌、伏特加、金酒、朗姆酒、龙舌兰、日本清酒、韩国烧酒。

漫漫长夜里，它们和姑娘一样好，还比姑娘要安静。

后来，我开始利用业余时间，翻阅很多心理学和抑郁症的书籍，好像我每多看一本，就是对过去自己的一种救赎。

再后来，我开了这家咖啡馆，顺便帮女孩子辅导心理。

我总是自嘲自己是在骗钱，因为我对自己学的东西还不够自信，想把它做得更好，所以干脆把起点说低一点儿。

第一次见陈广白，她穿着一件白色的大衣，头发披散着，几天没洗，四处乱窜的眉毛遮住半边眼睛，散发出丝丝缕缕的颓废气息。

一个女人是遇到怎样的低谷，才会连眉毛都不画就出门？

我说了很多，试了很多种方法，她还是对自己的爱情执迷不悟，认为只要等待，总有浪子回头的一天。

到最后，她只剩下一句话为自己辩护：他以前不是这样的。

"他以前不是这样的。他对我好的时候，你们都没见过，你们不知道是怎样一种好。"

那家烧烤店的灯光下，她抬起头，看着我，眼睛闪闪发亮。

就像当年的芸芸表姐。

我握了握拳头，压抑住心中急速膨胀的情绪。

后来有次聊天的时候，我把这个故事简单地说给陈广白听。说完之后，我本能地打开酒柜，想喝酒。

她拦住我，用小动物一样的眼神看着我，从兜里掏出一块酒心巧克力，说："吃甜食人的心情会变好。喝酒对身体不好。"

真是幼稚。

有一本我很喜欢的外国侦探小说，叫《八百万种死法》。里面的私家侦探原本是个警察，在一次办案中，他不慎用流弹打死了一个小女孩，于是他引咎辞职。

这件事改变了他对这个世界的看法，他已经不确定自己是不是站在正义的一方。他不想当警察，不想当丈夫、父亲，辞了工作，离了婚，一个人搬到小房子里居住，一边做着私家侦探，一边做一个无药可救的酒鬼。

每次，他在戒酒互助协会上，要不就沉默，要不就对众人说："我是个酒鬼，我无话可说。"

　　我没有他的坦诚，我要和他们说一堆漂亮话。

　　我要一次又一次，告诉他们，我再也不会当一个酒鬼，然后在从戒酒协会回来的路上，像只狗一样，喝个淋漓烂醉。

　　然后我回到我经营的咖啡厅，看到陈广白还坐在大厅里弹吉他，李雅窝在沙发上玩手机。

　　我的眼睛里只剩下晦暗的光，这就是酒精的好处，能让一切光都暗淡下来。

　　陈广白看到我，放下吉他，走过来，扶我到沙发上，然后说着什么煮粥，什么蜂蜜柚子水。

　　我倒头便睡，不省人事。

　　也许我不是医生，我才是她的病人。

Chapter 11

　　她是这个世上最软弱的那一类人，能拿来做镜子，人往她懦弱的眼睛里看，会越看越气，气到像是能看尽自己的一生。

李雅

杨老师说我之所以不能放弃这个有妇之夫，不是因为我爱钱，钱只是借口，直接原因是我舍不得他。而要是深究根本原因，那恐怕要追溯到我的童年。

他的意思无非就是那些陈词滥调的电视剧情节，非要说到我的童年阴影和家庭成员。

无聊。

对，我爸确实在我小时候出过轨。他和我妈差点儿因为那个女人离了婚。

但这并不是我长大后热爱破坏他人感情的原因。

我做过不少坏事，所以我不想给我的无耻找理由。就像一个人杀了一屋子人，还非说自己是精神病，无民事行为能力，大脑不受控制。他杀人是他不想，不好意思，我当小三是我想。

陈广白总是为我找理由，说我也是受害者，交往这么久才知道对方有家庭。呵呵。我哪有那么单纯。我就是讨厌幸福的爱情。见一对我就拆一对。就算和他分手，我还是会去拆散别人。

杨医生说："你就是缺爱。"

"我更缺钱。"

"你三观有问题。"

"三观没问题能上你这儿？"我嘲笑他。

"你没病。来这儿就当玩吧。"他也好脾气地笑笑。

我来水城有五年了。我的老家在水城北方一个破旧的小县城，一个年轻人基本都待不住的地方。

当然每次在我换工作，从水城的一头辗转到另外一头的时候，我的手机总会响起。

她的电话像传销组织一样疯狂地向我轰炸。

在我接起之后，她一次次乐此不疲地问我："小雅，要不要回来上班？我给你在县政府找了份文员的工作，你回来，也能早点儿稳定下来，总比在外面没有根好……"

一般没等她说完，我就"咔"地挂上电话，像打一只在头顶盘旋的苍蝇。

我真是不孝顺呀。

老家的亲戚会这样絮叨我吧。然后妈妈就会捱着声讨我的某位姨娘，一脸苦闷地说："怎么能怪她呢，孩子大了，想法肯定就多了。"

她永远都是站在我这边，为我说话，好像我是这个世界上她最亲的人。

我任何的出言不逊在她口中都是无心之失，她是这个世界上最宽容的母亲。

大家并不关心我，她对我依赖和切切盼着我回到她身边是这两年才有的事情。在这之前，她待我也是永远都不会少吃穿，但对于养了个女儿这件事，她似乎并没有多在意，反正她有个儿子。

在我妈妈那一辈，有很多生了许多女孩子，只为了生一个男孩子的家庭。当然这样的家庭现在也有许多。

我不想带着酸溜溜的口气说我的那些长辈，特别是我的奶奶和妈妈从小是怎么区别对待我和弟弟的。

在我的意识里，我希望自己能忘记那些事情。

我希望自己忘记，我刚出生的时候，我奶奶把我扔进垃圾桶的事情。

我希望自己忘记，冬天一盘红烧肉端上来之后，弟弟故意在我面前做出又好吃又香的表情，因为那一盘都是给他的。

而对于我初中就退学，去了县城的工厂上了两年班，他们也保持默认，认为我不念书也没有关系的事，我也懒得想起。

当我想回去上学，他们不愿意支付我的学费，我只能靠在工厂打工供养自己这件事，我也想忘记。

我刚来水城的时候一无所有，有次刚交了房租，加班到晚上十一点，拖着狗一样的身体回到停水的房子，一天没吃上饭，想要躺会儿休息，她的信息发过来，问我怎么弟弟的学费还没有打，问我上班这么久怎么就挣这点儿钱。这些事我都不愿想起。

前几年弟弟结婚了，他们给他在县城买了房子，给他买了辆奥迪 A6。这些东西像冬天的那口红烧肉一样，实实在在地赠予他。

而这两年，她总是在电话里和我抱怨新媳妇的不懂事。

抱怨弟弟的老婆懒得连条内裤都不想洗。

抱怨自己生病了，除了爸爸，没人管她。

　　说到最后，她再用她那慈母般的口吻，说："还是女儿好呀。你回县城吧，压力没有那么大，留在我们身边，凡事也有个照应。一个女人最重要的，就是稳定。女人再怎么打拼，还是要回归家庭。"

　　稳定？家庭？丈夫？儿子？

　　这四个词语，是我见过最恶心的词。

　　她们理解的稳定，不过就是默认丈夫出轨；不过就是清扫地板灰尘；不过就是忍受着儿子的叛逆以及随时打算牺牲女儿的人生。

　　女人，最爱牺牲的动物。

　　可怜又可怕。

　　《捉妖记》里杀掉最多妖的，不是人，而是披着一千张人皮伪装成人的妖。妖鼓励人去杀尽妖，认为妖生来就是应该被吃掉的下等物种。希特勒崇尚人种净化，又矮小又长相随意的他，轻蔑地杀掉其他那些长得不好看的人。

　　像我母亲这样的女人，年轻的时候，想必是吃了不少委曲求全的苦。又少有选择，只能将结婚生子当作人生的归宿。再把一生的希望放在儿子身上。

　　她不止一次和我抱怨过年幼时的贫穷，作为家里的女孩子上不了学，干多少繁重的活儿。怀我的时候，因为怀的是女孩子，生的前几天，还要下地干活儿。坐月子的时候想吃什么都没有，奶奶如何刻薄地对待她。

　　然后总算把我们都拉扯大了。现在的生活条件比她想象的要优渥许多，优渥到她不敢想象。

　　她张罗着给她儿子最好的一切，她是最慈爱的母亲。

　　任劳任怨。伟大。可歌可泣。

　　可对我这个冷漠的女儿来说，有很多次，我都想问她，装得累不累。

我成长中遇到的所有类似红烧肉的经历，都是我不愿意启齿的事，回想起每一个细节，它们就像虫子一样爬满我的后背。

我不想活在被虫子噬咬的阴影里。

我憎恨像我母亲这样的女人。

我轻描淡写地对杨老师说了这些。直到我泡的最后一杯红茶已经不再泛出红色的时候，我知道时间差不多了。

再说下去，我就要成为我看不起的女人了。

杨老师静静地听我说完我的事，一句话都没有说。

然后他递给我一支烟。

真是不敬业。

这个出来骗钱的研究生，对谁都是软绵绵的哄小孩儿的微笑。第一天见面，坐下来吃饭，就用湿巾把杯子里里外外擦一遍，完了用比我还纤细白嫩的手指围着杯子绕了一圈，轻轻摸几下，像是要弹掉那肉眼看不见的细小灰尘。

说实话，他对病人还是蛮有耐心的，毕竟收了人家那么多钱。就算你是个每天凌晨三点出门有露阴癖夜跑的病人，他也能温柔得跟哄小孩儿吃饭的幼儿园阿姨一样。

对陈广白，他却凶神恶煞，恨铁不成钢。

我很烦陈广白这种女人。

在杨天冬的咖啡厅转了半个月，我也翻了几本书架上的心理学书籍，自我剖析了我对陈广白这种女人极度厌烦的原因。

是恐惧。

我讨厌这种没有爱就不能活的女人。讨厌她们对爱情的忠诚。我讨厌那些在菜市场说着说着就交头接耳的女人，讨厌她们一天到晚善良无害地打扫着房子的上上下下，絮絮叨叨地督促你去考公务员考警察，絮絮叨叨地告诉你安稳多么重要。我讨厌她们一天到晚说什么平平淡淡就是幸福，讨厌她们靠那种自以为是的安稳日子扬扬自得。

集中体现在陈广白身上，就是自己男人出轨，被冷暴力之后，还抹着眼泪说——我等他。

等个屁。

我鄙视她们这些圣母的痴情，想必这些圣母心里，也一定鄙视我的放荡。

"每个人都有自己的选择。没什么对错，我不能因为你抢别人的男人，就说你是坏人。"结果陈广白温柔地对我说。

我气得喝掉一大杯咖啡。都忘了加糖。

这会儿，她又要去见那个渣男了。

爱死就死吧。我懒得管她。

我们把从云端收集到的证据拿给她看，她还是一副一定要见他一面的死样子。

"他这次提出见你，只是玩玩你。"我又给自己倒了一杯咖啡，从罐子里挖了三勺糖，多的一勺是弥补刚刚那杯没有的。我的手机一直在响，看到亮起的头像，我就把手机背过去。

"有人找你。"陈广白提醒。

"知道。"

"你手机一直在响。"

"哦。"我用勺子搅拌着咖啡，一口一口慢慢喝。

"你是故意不接电话的。"

桌子上的电话又开始响。对方第二遍打来。

"关你屁事。"我横了陈广白一眼。

那个该死的手机又像苍蝇一样响起来。

是我妈。

无非是跟我装可怜说自己生病了，道德绑架我，让我回到那个破烂的小县城，进一个她认为安稳的体制工作，然后找个她以为好的男人结婚生子，过上她想要的安稳日子，囚禁我来维系她的尊严和自我满足。

我挂断电话，直接关了手机。

"你是故意的。"陈广白吃惊得像个幼儿园小孩儿。

"废话。"

"我明白了。"

"你明白啥了？"

她把她的咖啡喝完，睁着大眼睛告诉我："我明白以后如果我想和一个人说话，给他打电话只会打一次，他不接，我一次都不会再打。哦，不，我明白了，如果我和王子天分开了，我再想他，也不会再给他打电话了。"

我没说话，看着眼前这个傻 ×，忽然很想帮她。

她是这个世上最软弱的那一类人，能拿来做镜子，人往她懦弱的眼睛里看，会越看越气，气到像是能看尽自己的一生。

第三卷

梦的告别

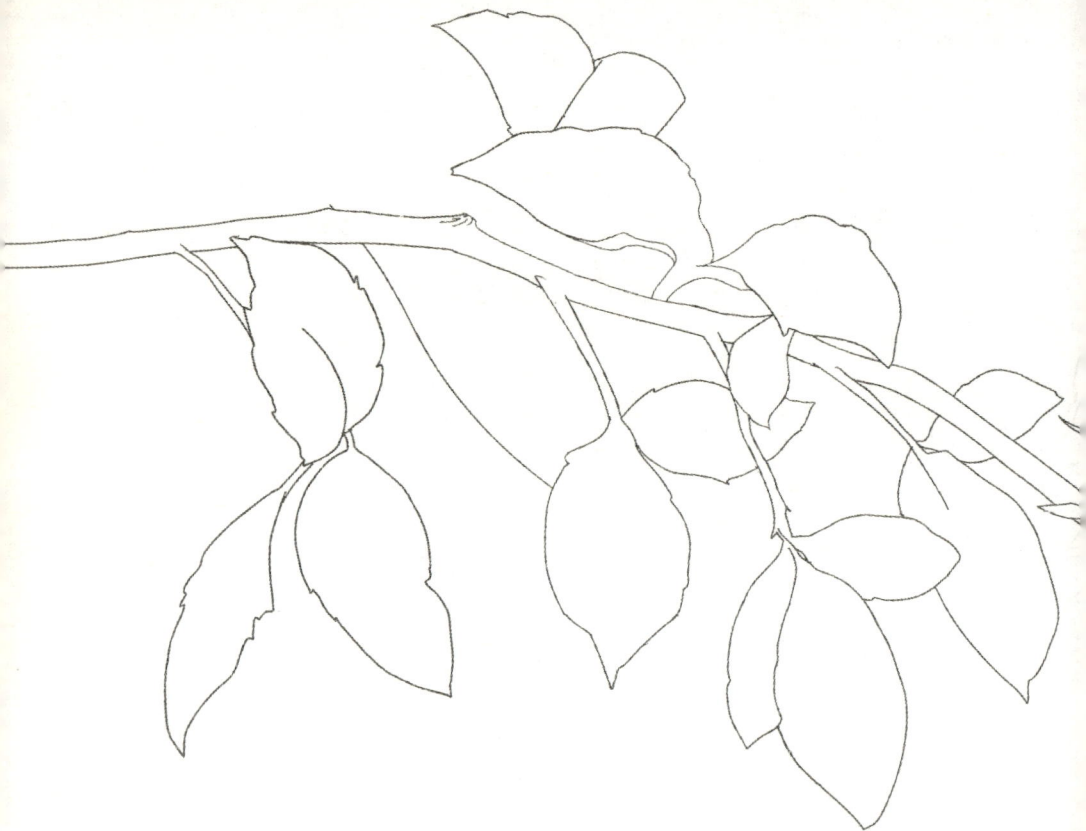

Chapter 12

我看着他，带着多数人不理解的执念，好像能用一个浅薄的眼神，把他灵魂的一部分装进我的身体里，之后再也不相逢的岁月里，我就能用那一片灵魂来温暖自己。

其实有很多事，我一直隐瞒着朋友们。

每天晚上我都在哭。

每天晚上。

睡觉前的半个钟头是最难熬的。那段我们冷战的日子，一天对我来说就是一生，夜晚就是一生将尽。入睡之前，我想的都是他。

当他总是不接我的电话，当他说"我在忙，你以后不要随意打扰我"的时候，我基本知道是怎么回事了。

果然像于疏影说的，我把王子天当儿子养，他才会这么不懂事。

我开始给他写邮件。每天写一封。天知道我怎么有那么多话和他说。

但这不就是爱人的定义吗？恋爱最美好的部分，就是躺在一起说胡话。说着说着，抱在一起就睡着了，早上睁开眼，最爱的人在身边。我简直想不出这个世界上有比这更美好的事情了。

他从没回过我的信件。

我不是个听《奇洛李维斯回信》的高中生，把爱人的名字在课本的缝隙里，写上一遍又一遍。

我的每封信都纠缠着沉重的欲望。希望绑架他浪子回头，想起要和我到老的约定。

所以他说要见我，我不可能不见。即使我知道见面会是一件糟糕的事。

王子天上大学的时候没什么钱。他是家里最大的男孩，考上县城的状元之后还上过当地的电视台，那种喜悦感让全家人为他骄傲。这也是他妈妈想让他找"范冰冰"的原因。我不想用那些贴标签的方式去看他，比如贴上那个"凤凰男"的标签。我对他有种小心翼翼的态度，小心翼翼到很多时候我不知道该怎么对他。

在我眼里，他就像我的一个孩子。

如果我们出现鸿沟，一定是沟通的方式出了问题。

所以此刻，我站在马路的这一头，穿过车辆和人群，远远地看着他，在想我们的问题到底出在哪里。

过了几秒，他就看见我了，我没法儿再享受这样的平和时光了，也许上完床后，我能享受这样的时光，静静看着他发呆。我真是个无可救药的神经病。

我们面对面坐下。

菜上来，我一点儿胃口也没有。

"吃饭吧。"他说。

"哦。"

我不知道该说些什么，只得沉默地吃饭。

后来我想也难怪他不喜欢我，在他面前我总是一副要死不活的怨妇样子，我是男人也不想和我这样的女人在一起。

"这几天都在瞎忙什么？"他问。

"跑发行。有个新片子要发了。"

"你那个工作，只要在家里动动手指，发发微博微信，让大家去看电影就行。小学生都会做啊。"他开始吃饭，胃口很不错。

"要联系影城排片。这次公司要百分之十五的排片。这种台湾小清新在内地的市场已经没有前几年好了，要百分之十五比较难。大家进电影院更喜欢看那些国产怀旧片，拍得再烂也有人埋单。"

"最近那个电影《夏洛特烦恼》拍得不错，蛮多段子的。"

"我不喜欢那个片子，不喜欢它的价值观。"我放下筷子。

"你怎么不吃饭？别浪费了。"显然他对我说的事一点儿兴趣都没有。而我在每次他说什么手机发布、软件 A 公司和 B 公司暗中互黑之类我完全不懂的事情时，总是睁着闪亮的好奇眼。

"吃不下。我想和你谈谈。"

"先吃饭，不要浪费。"他喝了口水，态度很强硬，感觉眉毛要从脸上飞出来。明显的咬肌凸显出来，好像吃饭是个需要完成的任务，不是应该享受的美好。

"不想吃。"

他皱了皱眉头，把我的碗拿了过去。一直都是这样，我吃不掉的东西他总是拿过去吃掉。

"你怎么老是不接我电话？"我还是问出口。

"我最近很忙。不像你天天那么闲，我是个工程师，需要集中精力做事情。"

集中精力勾引别的女人上床吗？

"哦。"

"你不要随意打扰我的生活。你也有自己的生活。"他把我没吃下的米饭吃得干干净净。

"有个叫赵羽的找过我。"我故意说。

"哦。"他手上的筷子停下来，脸上是隐藏的诧异。

"你是不是和她好了？"

"没。我们是好朋友。"

我把桌上的手机装进包里，封上包口，起身要走。

"你想干吗？"他拉住我的手，压低声音。

"回家。"我不想再浪费时间，像我们大学时候那样，为一个鸡毛蒜皮的问题站在学校门口争论十几分钟。

"还有个汤。你喜欢的鲫鱼汤，每次你都点。"

"那是因为你喜欢吃。"

"行了，乖，坐下来，好好说。"他又一副哄小孩儿的嘴脸。真是能屈能伸的不要脸。

"她是我同学。你别想那么多。"王子天一边给我盛汤一边解释。

就算你们开房的时候，我正好在外头敲门，你打开门，我看见你光着上身，里面床上躺着一个姑娘，你也不会承认。你也会告诉我，什么都没发生。

"她说让我退出。"我此刻一定是于疏影附身，情节在我口中自动展开。

"陈广白，你是不是——"王子天挑了挑眉头。

我心里惊了下。他发现我掌握云端数据的事情了？

"你最近是不是有点儿多疑？越来越像你妈了。"

我舒了口气，说："你敢说你最近什么情况都没有？"

"没有。"

"你不是说那边实习一结束，就回水城找工作吗？"

"总得给我点儿时间。"

"你要想找，我可以找人推荐看看。我朋友认识××的HR。"

"不需要。凭我的学历和资质，进那家公司绰绰有余。你不要随意安排我的生活。"

我真是受够了他这样的语气。

我不明白，为什么任何时候，他和我说话都要端着。

在李雅和杨天冬给我搜集的数据中，王子天和那些一起实习的姑娘总是无话不说，装萌卖傻接地气，偶尔还会抱怨敲代码的枯燥和顶头组长就坐在后头的压力。

对我就完全不会。

对我，他是还没成功就表现出自己已经是家财万贯的大老板的气势。

有次王子天要去参加一个校友会，他打电话和我说，校友会的名单上有个喵小姐，是不是我电影发行公司一个蛮出名的前辈。

"啊，我不晓得。可能不是她呀，只是名字像吧。"

"哦。"

"咋了？"

"没事。我过几天要去参加这个上海的校友会，为以后创业做点儿人脉积累，总是需要认识一些企业家什么的。"

"嗯。加油啊老公！"我希望我的口气里能充满"爱一个人就要爱他的梦想"的语调。

我总是把他当作一个孩子，可我自己又做不好母亲。

"没什么好说的。我先回去了。"

他紧紧攥住我的手。

"你放开。我要去卫生间。"我直直地看着他。

他笑了笑，摸了摸我的头："去吧。"

我不知道该怎么办。这样下去，我们只会上床。可我怎么能再和这个反复出轨的人有任何联系？

我掏出手机，就像掏出急救丸一样，拨通了于疏影的电话。

"您所拨打的用户已关机。"这声音就是于疏影的手机铃声，她不是真的关机了。每当她启用这样的手机铃声的时候，就证明她正在经历一段惨绝人寰的赶稿期，哦，不，是她已经拖稿了。这是她躲避无辜编辑催稿的方式。

她接了电话："干吗呢？我还没醒。"

"你稿子交了没？"

"没。我要死了。我写不出来。我就是个没有才华的打字机，只会排列组合出来一些没有人生内涵和爆点的家长里短，我感觉我要过气了。"一度气势汹汹的于疏影，遇上每年的交稿期，也会如此脆弱和焦躁。

"宝贝……"

"嗯？"我能想象出她在电话那头抓头发的样子，旁边一定是散落一地的外卖比萨盒以及堆成山没洗的衣服。也许我该挂了电话去收拾一下那个地方。

"你本来就没有红过，所以不存在过气这个问题。"

"啊你这个浑蛋，不说实话会死吗？你那边什么情况，你是在海边吗，总有水流的声音。"

"那是冲厕所的声音。"

"哦，你在跟哪个男人的约会的中途来找我求救呢？"

"王子天。"

"你怎么不去死。我听到这两个字都头疼。你还和他联系呢？我不是给你找了个帅版的王子天，还是个心理医生，帮你过渡下人生低潮吗？"

"我在跟王子天吃饭，等会儿他肯定带我去开房，我该怎么办？"

"你有病啊，现在就离开。"

"……但是我放不下他。"

"你觉得他还爱你吗？"

"我不知道……"

"陈广白，退一万步讲，即使他爱你，那也只是爱一点点。他更爱他那个高远的梦想。我不想用'不切实际'这个词来形容他的梦想，这样只显得我比他还直男癌。也许正如你所不甘心的，有一天，成功的就是他这种人。但是宝贝，这得看你怎么看待成功这件事了。

"你得从现在这个泥淖里走出来。我不想每天接到你的电话都是这样糟心的事。我不想每次你半夜来敲我的门，都是因为他，一脸要死不活的样子。当然，我可以带你一起去吃夜宵去喝酒，我很开心，很享受那样的日子。你是我最好的朋友，我巴不得你天天陪在我身边。但我更希望你终于抛下你那台该死的电脑，不再看那些来自他的云端讯息，在某个阳光明媚的清晨，过来敲我的门，告诉我，嗨，我是来告别的，当初我是为了王子天留在这里的，我现在要带着我的吉他离开了。就像《心灵捕手》里写的那样。"

我顿了几秒，门外有等不及的女孩开始敲门。

"我挂了。"挂了电话，我走出卫生间，洗了把脸，看着镜子里的自己，吸了口气，走出门。

我刚刚做的事情，就像大学的时候考试考到一半，跑到卫生间发信息找于疏影算答案一样。生活哪有标准答案，只有横冲直撞。

自己选择的事情，只能自己负责。

能说什么，我们上了床，好像有那么几个瞬间，他又爱我爱得不行。

然后黑夜袭来，我躺在那个没有人情味的宾馆，躺在白色的被套下，感觉这里是一口棺材。

王子天在我身边睡着了，有那么几秒钟，我想好好看看他，带点儿柔情。

可他的手机又亮了。那呼吸灯像个魔咒一样抓住我的眼睛。

李雅跟我说过一句很正确的话，如果你想和你的男人继续保持假性的亲密关系，就不要翻看他的手机，一条信息也不要看。

我们的选择太多了，每天都在诱惑的边缘徘徊。

那些照片、信息和通话记录，早在云端的数据上我就看了一遍，我能看到的只是最近这几天，他和那些女人的各种纠缠。

一条信息忽然跳出来。

"我知道你和她在一起。说清楚了就快回来。"发信人是赵羽。

他就在我枕头旁边，在我看手机的时候，忽然翻身抱住我。

他用肩胛骨的位置，把我抱得透不过气来。

我从他的围城里，悄悄地，一点点地挣脱出来，穿上厚厚的大衣。

在他还在梦里的时候，我轻轻地推开门。

站在那个半开的门的阴影里，我顿了一下，回过头看他躺在床上的剪影。我知道对于很多人来说，我的这一眼注视是多么拖沓，或者说多余。

但是无论时间倒回多少次，在那个灰蓝色的冬天早晨，在那几秒钟的时间里，我都会义无反顾地回过头，再看一眼合眼入眠的他。我看着他，带着多数人不理解的执念，好像能用一个浅薄的眼神，把他灵魂的一部分装进我的身体里，之后再也不相逢的岁月里，我就能用那一片灵魂来温暖自己。

王子天，我很爱你，我已经很久没有说过这句话。

但是我爱你。

宠溺地把我抱在怀里说要娶我的你。

我肚子疼的时候，把橘子放在盛着热水的杯子口，用蒸汽焐热的你。

哄我的你，发脾气的你。

在我身边，不在我身边的你。

抱着我，或是把我推开的你。

说要娶我的你，抑或说永远都不见我的你。

逞强说无论发生什么都有你在的你，和我一样手足无措的你。

站在巷子口看我回家的你，一言不发的你。

亲吻我的你，训斥我的你。

第一次在湖边牵起我的你，还有最后一次告别回头看我一眼的你。

所以，我只能选择离开你。

Chapter 13

人家是没选择，叫奉献；你是有选择，叫作死。

李雅

陈广白消失了半个月。

这是个没见过几面的人，消失就消失呗。反正我这种人不需要什么朋友。交朋友麻烦又虚假，女人之间的友谊无非就是吃吃喝喝发自拍，修图的时候把我的脸修小点儿，对方的就发原图，发个状态说，和好闺密愉快的一天。啊呸！

没事还要送个什么小礼品，心里互相看不起，嘴上还要说你好棒好美，无聊得要死。

"陈广白——开门。"我拎着一堆水果站在这个圣母婊家的门口，当然不是把她当朋友，只是正好路过。

开门的是一个中年版本的陈广白，母女长得真像。脸都小得气人。

"啊，是广白朋友呀。请进请进。"

"阿姨好。"

"她就在卧室里面，忙工作呢，你进去玩。"

"李雅！你怎么来啦？"她看到我很吃惊。

"……上次你是不是拿了我一支纪梵希的口红？我找不到了。"临时想个理由真难。

"啊，我就试了下颜色就还给你啦。"她这个傻×立刻起身，翻箱倒柜找起来。她一脸颓废的样子，忙个屁，一定天天偷着哭。

她拿起飘窗上的背包，把里面的东西倒出来，我也配合地跟着她找那支就放在我包里的口红。

"没有呀……李雅，我重新给你买一支吧……"她边找边絮叨。忽然，她的手挡住了一个盒子，慌慌张张地抬起头，不好意思地看看我，神情无比尴尬。

那一瞬间，我很想扇她一巴掌。

她匆忙地把那盒七十二小时紧急避孕药放到床头柜的底层，无奈地看看我。

"吃这个东西，以后还想生孩子吗？"我冷笑。

她不说话。

"知道他穷，买个套的钱也没有吗？"

她沉默。

"你，给自己留点儿脸吧。"我摇摇头。

她翕张的嘴唇似乎有话要说，我懒得听她嘴里出来的任何话，背着包就走了。

我沿着路往前走，天气开始冷了，我抱着手肘，让大衣更贴合一点儿。也许我这样子像个离家出走的受气包。

"李雅——"

她的声音在后头响起，伴着气喘吁吁的呼吸声。

我加快脚步。

"李雅——"

烦死了。

在快转弯的时候，我回过头，狠狠地盯着她："你的存在，就是对女人最大的侮辱。"

"李雅，你别生气……"她没有反驳，软弱的样子充满畏惧，她是在怕我生气。

她想要伸手拉住我，却被我利落地挣开，我知道我的眼睛里一定充满了鄙夷。

现在我知道，为什么婊子总是瞧不起圣母，因为她们太软弱。

"我不知道怎么和你说，以后我都不会见王子天了。"

"不会见他的话，我已经听你说过一百遍了。"

"这次我是认真的。虽然我舍不得，但我不能做错误的事情。"

"舍不得？你舍不得什么？别给我恶心。"

"李雅……我只是……"

"陈广白，我不想听你那套伟大的爱情理论，我很烦它。从见到你的第一天起，我就烦你，相比小偷、赌徒、皮条客、杀人犯，我更烦你这种女人。你应该活在一千年前，天天在家里绣花，等着宿醉不归到处嫖娼的丈夫回来。你根本不知道，这个世界可以有哪些美好的东西，还一天到晚以为自己很伟大。你应该去当严歌苓小说的女主角，从第一章牺牲到最后一章。人家是没选择，叫奉献；你是有选择，叫作死。"

她傻傻地看着我，像个被吓坏的小学生。

"我已经和那个有妇之夫彻底分手了。接下来打算好好挣钱。感情再重要，也没有自己重要。"

我回过头继续走，她没有再跟上来，也许我转了好几个街角，她还站在那里。

Chapter 14

　　我的软弱让我总是屈服于现状，不愿做出任何改变。这种软弱深邃到一种不需要同情的绝地，让我在日复一日的消磨中，忘记改变的勇气和世界的美好。

人总有说不出口的事情。

我说不出口，在那个坟墓一样的宾馆里，我已经做好那是我们最后一次见面的打算。真的，我下定了决心，我不想一辈子这样下去，每天都在想着他会爬上谁的床。

所以我一点都不想和他上床。

我背对他坐着，沉默着，我只想和他再独处一会儿。

他先开口说话，我看不见他的脸，他能看到的，只是我微倾的后背和散落在红色灯芯绒衬衫上发黄的头发。

"上次一个饭局上有个校友大哥，就比我大几岁，公司都上市了，市值两百多亿。你就不能消停会儿，少打扰我一些，让老公安下心搞几年事业。"

我不知道怎么回答他。也许建立一个"我和小三"的文件夹也是他事业的一部分。

"头发怎么这么黄，去染了？"他的手放到我的肩膀上，挑起我的头发。

"没。"我回答。

"不要一天到晚乱跑。"他的话语里又有责备。

然后不知道从什么时候开始，他的手开始穿过我的头发、脖子，解开我衬衫的第一粒纽扣，顺理成章地碰我的身体，好像那是他自己的财产。

我不该用厚颜无耻这个词语来形容他的行为，那样会表现得我在享受那个过程。我真的一点儿也不愿意，一点点也不愿意。

他被欲望冲昏了头脑，根本不知道爱是什么。

而我的每一次拒绝，在他看来都像是调情的把戏，让他乐在其中并且扬扬自得。直到他彻底霸占我的身体，让我动弹不得。每一次反抗都毫无意义的时候，我的心里充满了愤怒和恐惧。

我用尽所有力气推开他。

"你滚——"

"你滚开——"

我一次次强调我是严肃的，不是开玩笑的。

他有些吃惊地看着我，但似乎并不理会我的意愿，欲望占据了他的每个细胞。他根本不在乎身体下面到底是谁。

我在最后关头，用所有力气强迫他离开。都下定决心彻底结束了，不能再有任何风险去演什么堕胎的青春剧，我不敢想象自己的生活再沦陷下去了。

他气急败坏地坐在床的那一头，一脸扫兴的愤怒，他不管我的心情，说："以后我就算是找妓女，也不和你上床！"

这句话让我感受到浑身的细胞都在颤抖，有一种彻底的疲惫。

我所有的柔情、依赖、甜蜜和痴迷在那一瞬间彻底结束。

后来看到的那条赵羽发来的短信只是更加佐证了我的绝望。

我的爱人是个人渣。不，是我曾经爱上了一个人渣。

外面的天刚刚亮，灰蒙蒙的，他还在熟睡。

我爬起来，把自己裹得严严实实的，天气预报说今天很冷。

我关上门。他还在他的梦里，像一只被惯坏的永远长不大的野兽。一只让我连失望都抬不起力气的野兽。

哦，我忘了说，那家宾馆的名字，叫作百年好合。

李雅生我的气，是理所当然的事情。如果我是某部电影的女主角，从头到尾都是这个死样子，女观众们一定会气得愤然离席。人都是会感情代入的，如果按王子天说的，他妈妈看见电视剧里欺负婆婆的城里媳妇儿会气得砸电视，那么我之前的人生要是被搬上银幕，很可能会出现姑娘们火烧电影院的场面。

这种互相仇恨和讨厌对方的场景会发生，本身就是件无聊的事。

我该去朋友圈分享《十年看媳，十年看婆》的鸡汤帖；或者在机场的书店买下《如何拉回出轨老公的心》；或者听信那些可笑的微博段子，在老公出轨后，买小一号的衣服，做了眉、眼、唇，再请个私人健身教练，再或者干脆在网上卖起了面膜。

非要把自己变成那样才开心。

李雅的愤怒合情合理，我无话可说。

她走后，我出门去追她，显然她并不打算理我。

我颓丧地站在那儿，看着她远去的背影，又想到一再对我失望的于疏影和杨天冬，苦笑了下，只能转过头往回走。

那些讲述 loser 的电影，我比谁都看得明白。那些要死不活的粤语歌曲，我也唱得用情极深。

到最后，那些帮助我的人都对我失去信心。

包括我自己，可能就此忘记这件事，蒸发在王子天的生命里，治疗个几年情伤，变成一个不相信自己能遇见爱情的人。

手机铃声在这时候响了起来，王子天的头像在屏幕上亮起。

"喂。"我疲惫万分。

"陈广白是吧？"是个女人的声音，"以后请你不要再把自己的身体放到我男朋友的床上了。"

"什么？"

"你知道我在说什么。"

"你男朋友是王子天吗？"

"当然。"

那一刻我犹豫了下，要不要像周雪一样，抛下一句"他亲你的嘴是给我舔过的嘴"这样恶心的台词。

"行吧。你开心就好。"结果我说出了这样的话。

"这样子你甘心吗？"身后响起一个男声。

杨天冬站在离我不远的地方，直直地看着我。

"你甘心，有人也不会甘心。"他往旁边站了站，我这才发现，于疏影和李雅从路灯后面走出来。

"你们怎么……"我吃惊。

"是李雅给我们打的电话。"于疏影走过来，捏了捏我的脸。这么多年过去了，每当她觉得我没带脑子出门的时候，总喜欢捏我的脸，好像那是一个白白的包子。

"李雅……"我有点儿不好意思地看着这个比于疏影气势还要强的女人。

"我们决定帮你报复。以牙还牙，以眼还眼。"李雅眯起眼睛。

"为什么要帮我……"突然遇上几个说要拯救我的队友，我一时很不习惯。

"为了尊严。一个女人应该有的尊严。"李雅看着我的眸子，像是要看到我的灵魂深处。

我沉默了会儿，然后对他们说：

"谢谢你们。我不想浪费时间再去关注他到底爱谁，又到底骗了谁，和几个女人在一起周旋，这些对我的人生毫无帮助。所以报复不报复什么的，对我来说也没有意义。你们可以说我软弱，但这是我的真实想法。我已经浪费了足够多的时间在'男女关系'这件无趣的事情上了。我该去做点儿别的。什么女人的尊严，我又不是肥皂剧里的妇女。"

"说得很好。你开窍了。"杨天冬点头。

"那你想做些什么？"李雅有点儿颓丧。

"我想做我自己。至少我得先把我的歌唱好。女人的尊严什么的，听起来和男人的尊严一样无趣。真要拿回来的，我想拿回一个人本身应该有的尊严。"

杨天冬点了根烟，斜眼看了看我，微微一笑。

那微弱的火苗在冬天的夜色里燃烧起来。

很多人都问我是怎么想开的。他们对我突然的开窍感到诧异，却不知道那只是我对生活的落荒而逃。或者说，我一直在等这样一个落荒而逃的机会。

那天和王子天分开后，我像往常一样要死不活地颠簸到于疏影家门口。

来的路上忽然下起瓢泼大雨，应景地把我这个 loser 浇灌得更加落魄不堪。

楼道里的感应灯坏了，我在黑暗里捶门。她的门铃坏了已经有半年，都不去换。我一下下地捶着，没人应。

打手机过去，也是该死的关机。搞文学的总是这么任性。

放下手机，我几乎是气急败坏地捶着那扇没有应答的门。好像只要我多捶几下，空无一人的房间里就会突然多出一位从天而降的挚友。

捶着捶着，我忽然在那个没有灯的楼道里，无声地哭起来。

那段时间我经常哭，得了一种矫情至死的癌症，一天里许多时刻都在哭，练习出花式二十八种哭法。为了不让人发现，众多哭法中，我尤其擅长一种无声哭泣的矫情本领。我对这种本领的熟稔程度简直能手写网络教程：压抑住你的每一个声音，必要的时候要扭曲你的脸部到咬牙切齿的地步，扬起头最舒服，所以睡觉之前躺在床上的那五分钟，是能哭得最尽情最安静的时段。

我在无声的哭泣里想，就算于疏影在这扇门后，又能怎样呢？

一次又一次，在王子天那里受了伤，再去她那里疗伤。她是我最好的朋友，永远不会任我自生自灭。她会先劈头盖脸地把我骂一顿，怒我不争，骂着骂着有力气了，她就起身给我弄吃的，秋天永远有螃蟹，冬天永远准备着三鲜火锅，再不济也会给我来一碗盖浇饭或者西红柿鸡蛋面。

还有一年四季都不差的酒。

然后她就打开网络电视，放金庸古龙的江湖剧给我看，边嗑瓜子边说书一样给我点评金庸笔下的男男女女。

"一年四季都穿白色衣服，你说小龙女都不来大姨妈的吗？

"我最讨厌张无忌这种仁侠，满口仁义道德，什么好处他没拿？你说这些女的，哪个他不爱，哪个他不想娶？要不是赵敏足够狠管得住他，他肯定对哪个都是真爱……

"年轻的黄蓉我就不太喜欢。刁蛮任性富家女。中年之后每一集出来我看着都讨厌得很，一脸月经不调的刻薄样，还是表面客气骨子里刻薄的刻薄。

"我要是男的我也娶阿朱这种，哇，简直是小绿茶的外表，小主妇的心。你说谁不爱？"

那些支离破碎的夜晚，我们窝在沙发上。我靠在枕头上听她噼里啪啦地说话，她一个人就是一支队伍，整个小屋子能变得和年三十一样热火朝天。

投靠她这所小屋，寻找温暖，充电复活这件事，我已经做了不知道多少次。再做下去，我自己都有点儿看不起自己。

楼道里忽然有一束光落在我头上。

"请问……"一个怯怯的女声在背后响起。

"请问你是对面姑娘的朋友吧？她早上好像出门了，一直没回来。"我想起来了，这就是上次我在于疏影家院子里看到的隔壁院子打扫卫生的女人。她的头发随意地绾成一个发髻，盘在脑袋后面，几缕发丝散落在圆圆的眼睛周边。她的脸上一点儿妆容都没，却透着一种端庄的润丽。这种美丽非常自然，因为她的手上没有拿什么精致的包，衣服也只是一件宽松的灰色 T 恤。她甚至正弯下腰，把屋里的垃圾放到门口。

"是不是我捶门的声音吵到你了……"我觉得跟这样怡然自得又幸福的女人站在一个走道上，我更是显得一无是处。

"没有的事情。你给她打个电话试试？"

"刚刚打了，她没有接。我手机现在没电了。"我尴尬地将了将头发，好让我们之间的对话自然点儿。

外面的雨下得又大了起来，一个闪电让我打了个激灵，失声喊了出来。

"要不……你进来坐会儿吧。我看你衣服都淋湿了，坐一会儿，等雨小了，从我家拿把伞再走吧。"

"我……可以进去吗？"

我悄悄地望着女人那扇门背后有着橙色暖光的地方。从哪个房间里，还传出了两个孩子的欢闹声。我想起他们的名字，绵绵和羊羊。童话一样美好。

她不知道，那个半开的门背后的世界，对我来说，就像城堡一样。所以我问得小心而谨慎。她随意的一声招呼对于我，就是奥斯卡颁奖礼一样的邀约。她过着我最想要的生活，拥有我最想拥有的一切。如果是在《彗星来的那一夜》里面，我就是会不择手段杀死像她这样的一个平行空间里的我，从而取代她的那一个。

至少在踏进那间房子之前，我都是这么想的。

"家里比较乱，你随便坐，我去给你弄点儿水果。"她招呼我。

"阿姨好！"两个男孩子的笑容更像水果里的蜜汁。

我环顾四周，房间里面的光线这么昏暗，整个房间像一张浸泡在水里的陈年报纸，一点儿现代的气息都没有。

客厅的一角有块小黑板，上面有密密麻麻的课程表，细致规划到每一个小时。

"这是你们的课表？"我问绵绵和羊羊。

"是呀。我们都在家里上课。"绵绵回答我。

"不去学校？"我问。

"每年期末的时候我们回学校考试，我跟哥哥都是三好学生！"羊羊回答。

她端着水果走出来，再在水果盘旁边放了一个用宣传单叠的小纸盒，可以放我吐出的葡萄皮。那个小纸盒的每个棱角都整齐有力。我把葡萄皮丢到纸盒里，心里觉得特别踏实。

余光一看，桌上微波炉的上面，还放着一袋子这样的小盒子。我能想象出它们可以盛放鱼刺、骨头、小孩儿不吃的葱蒜和香菜，想象出它们让整张桌面干净整洁的样子，想象出我胳膊下面这张宝石蓝底色画着杜鹃花和飞鸟的桌布，至今没有受到污渍侵蚀的原因。

"他爸爸不想让他们在学校里浪费时间，更想自己教。平时我带他们去上围棋课，他们俩成绩很好。他爸爸是做软件的，希望他们也走这条路。从小就培养他们的感觉。"

"这样呀……"我的心里其实是有疑问的，这样从小就决定孩子未来的发展方向真的可以吗？如果相比程序设计，这两个小家伙更喜欢画画呢？在孩子这么小的年纪就为他们决定了未来几十年的人生方向，是不是过于武断了一点儿？从来不去学校上学，只去考试的话，孩子会不会没有朋友？就算每年都是三好学生，可是这个世界上总有比三好学生更重要的事情吧？但这是别人的家庭，他们在做这个决定之前，我这些粗浅的想法他们肯定已经都想过了。

"可能这样确实孤单了点儿。不过两个人有个伴会好一些。"她似乎看出了我语句之后的疑问，替我说出了我不好意思说出的话。善解人意的女人总是这样，能根据你的眼角眉梢看出你的需要，接过你言语的转折，为你找个台阶下。她的周全和桌子上盛放水果皮的纸盒一样让人感到舒服。

"你多吃点儿水果呀。"她怕我拘谨。

"你们也多吃点儿。"我把剥好的橘子放在一张干净的纸巾上，招呼那两个小家伙吃。

"谢谢阿姨。"老大绵绵开心地吃起来。

羊羊却在一边呆呆地看着我，一点儿动静都没有。

"你怎么不吃水果呀？"我俯下身，望着他葡萄一样圆溜溜的眼睛。

他想了很久之后，转了转眼睛，终于想出了答案，一本正经地回答我："我自己也不知道，自己为什么不吃。"

所有人都被他的认真逗得哈哈笑，屋子里的气氛瞬间就暖和跳跃起来。

我想作为他的母亲，这样的欢笑总会不经意地出现在生活中，好像一个没有包装盒的礼物，随时给她惊喜。

有了这样一份礼物，一天中琐碎的劳作都可以找到归宿。买菜的时候能认真地挑选西红柿，洗菜的时候能细致地把每一个角落都清洗干净，抽油烟管子坏了也能不厌其烦地用胶布把它固定好，就算下水道被堵住了，也能吸口气，蹲下身，戴着手套将那些堵塞的食物清理出来。

有了家庭和血脉，什么东西都能够牺牲。

"妈妈妈妈，雨停了，作业写好了！我和哥哥能去院子里玩吗？"羊羊的心思不在水果上，却在院子里头。对他这个小不点儿来说，那里一定是个很大的地方。

"好吧。那你们去玩一会儿。一定要注意安全哦。回来还要准备明天的围棋课。"她拧着眉头允许了。眉毛聚在一起，并不代表她在愤怒，只是每一个关于小孩儿的安排，想必都让她提起十二万分的警惕。这两个孩子对她来说，不仅是责任，是爱，也是她的一份事业。

"好哦好哦！走吧哥哥！"他们一溜烟就消失在我们眼前，跑到院子里拿着水枪你追我赶，还自带音效，"嘭嘭嘭""轰轰轰"地嬉闹起来。

"二十分钟过后就回来准备围棋课！"她朝着窗外喊一声。散落的头发滑过明亮的眼睛。在雨后的微光里，她的侧眼有一种20世纪80年代女明星的韵味。

于疏影说得没错，这个女人身上有我想要的一切，一切。

在她去门口叮嘱孩子的时候，我开始收拾桌子。

"啊，不用你来弄，你不知道要往哪儿收！"她回过头制止，从我手里接过盘子收拾起来。

我尴尬地把盘子递给她，我当然明白，这个房子是她苦心经营的帝国，所有的锅碗瓢盆，甚至床单上的一根头发都要听她指挥。只有她知道装水果的盘子应该放在橱柜的哪一排，并且只能放在那个她精心设计的位置，因为在需要盛出一盘水果的时候，她必须能在第一时间定位出她的士兵在哪里。

看着她在厨房里匆忙清洗水果盘和其他杂物的样子，我只能像个先天不全的智障儿童站在旁边，傻傻地看着她调遣她的军队。听着她说围棋课一年的学费要上万，溜冰的装备也是一笔费用，这边小区菜市场的价格不便宜呢……

"你……"我拿着厨房的抹布，无所事事地抹着那一行已经被我抹干净不知道多少次的水迹。

"啊？"她恍惚。

"我觉得你真……"

院子里的一声尖叫打断了我的话。

尖叫的是羊羊。这两个小家伙玩水枪玩腻了，开始把水枪丢一边，双手侧举，一前一后地沿着那窄窄的小路走。

羊羊走在前头，个子高些的绵绵走在后头，走着走着，绵绵一个趔趄，没有站稳，往前头一倾，摇晃了几下，倒是站稳了，却不慎推搡到了羊羊的肩膀，羊羊就这么"轰"一下倒在地上，脸朝下，血当场就从下巴冒了出来，伤口从老远的屋里都能看见。

她脸上的每个神经当场就提了起来，好像那血是从自己心口淌出来的。

她放下手里的碗，跑到院子里，一把抱起羊羊。

绵绵在一旁傻傻地站着，被吓得不轻。

羊羊的眼泪哗哗地往下流："妈妈……妈妈……好疼……疼！"

那些血渗透她放在羊羊下巴上的纸巾，不住地往下淌。

"你会开车吗？"她抬起头问我。

"路不太熟。"

"你开下车，我给你指路。我要照顾他，没有手，我们去医院。"

绵绵坐在车后座，一脸惊恐的样子，一路沉默，像是怕自己闯了什么大祸。她带着受伤的弟弟坐在副驾。

血还是一直在流。我余光里看见的都是被浸红的纱布和纸巾。

"妈妈……妈妈……我会不会死……我害怕……"

"怎么会呢，宝贝乖，宝贝不会有事的，我们去看医生了。"

"妈妈……我疼……"

我吸了口气，向右打方向盘，前面一路红灯，望不到头，只能停在原地。

我尽量让自己的眼睛看前方，让路标和红灯放到我的视线里。握方向盘的手在抖。脸上的镇静也是我努力维持出来的，其实我的后背一片鸡皮疙瘩。我不敢直视血流不止的羊羊——我害怕。

绿灯亮的时候，我慢了半拍，后面一辆黑色轿车狂按喇叭表示不满。下了高架桥之后，我缓缓地往前开，忽然"砰"一声，车子一阵震动。我急踩刹车，身体被惯性往前一推。羊羊哇地哭出了声，血还在流。

"你怎么开车的！"一个鬈发女人走下车，架势很正，好像忘记自己穿了一双高跟鞋开车。

她在一旁倒是保持着镇定，轻轻和我说："走保险吧。"

"你车子是新车吧？刚买不久就擦了。"我不好意思地说。

"也没办法。这个女的估计不是那种好说话的。医院就在前面一点点，我先抱羊羊过去消毒。你帮我带着绵绵可以吗？"

"好。"

她抱着羊羊，往后面的马路看了看，确定没车之后，才打开车门，急匆匆地往前面走。

她的体形是娇小的。从后头看，她抱着羊羊这样一个小男孩似乎都有那么点儿吃力。

但她走得稳健，不容出一分差错。

交警来了后，全程都是那女人的哭天抢地，好像这场追尾要了她全家的命。绵绵在旁边拽着我的手，转着眼睛看着一切，一天下来，他已经蒙了。

解决好手续之后，我开着还能开的车去医院，找了二十分钟才找到一个停车位，可是连停了好几次，怎么都停不进去。

以往这个时候，我总是打电话给王子天，让他下楼帮我停车，现在这肯定是天方夜谭。

我徘徊在车位入口，像在玩一个永远通关不了的益智游戏，Flappy Bird 或者天天酷跑，每次死在同一个地方，然后被迫重新再来，再死一次，一次又一次，消磨我的神经。

"阿姨，我下去帮你看着吧。妈妈以前每次停车也停不进去，都是我给她指挥的。"绵绵认真地对我说。

"好吧……谢谢绵绵……"我尴尬地笑笑。

"往后，往后，再往后，打方向盘……再往左一点儿……"

一个稚嫩的声音在外头给我指挥，可惜就算绵绵指导，我还是笨拙地停了好几趟才停稳。

车子好不容易停了进去，我拉着绵绵往医院跑。我一慌就不知道东南西北，都是绵绵在给我指路。

我们找到羊羊的时候，他正被按在床上，她扶着羊羊小小的脑袋，护士扶着羊羊颤抖的身体，医生一针针地缝着羊羊的下巴。

每缝一针，羊羊连着小腿肚的神经都像被拉扯起来，眼泪哗哗地往下淌。

她一遍遍地安慰孩子："羊羊乖，羊羊很勇敢，马上就不疼了。"

在羊羊的挣扎中，她自己的眼泪也终于克制不住。每缝一针都是缝在她的心口上。

站在我身边的绵绵把脑袋往我身后躲藏，这个场面让他害怕。

"陈小姐，你有事就先走吧。"缝针结束后，她还要排队去拿药。

"没关系……我没什么事情……"

"你回去吧。今天已经给你添麻烦了。"

"不不不，都是我……忽然到你家去，让你都没空照看孩子……"

"没有的事情。小孩子磕磕碰碰本来就很正常。"她一手抱着羊羊，一手拉着绵绵。

在排队的人群里，我站在他们旁边，无所事事。

"前面的，别插队啊！"后面有个男人说我。

这让我更加尴尬地收起了自己想要陪同的心意，因为显然我在这里起不到任何作用，只会让情况更加糟糕。

我看懂了她眼神的意思，她还有一堆糟心事要处理，要带孩子回家，要买菜，要打电话给交警和保险公司的人，要去 4S 店修理汽车，要等着孩子的伤口一天天结痂。

她的车子几乎是崭新的，应该没开多久，那么前几年，她就要带着两个小孩子挤地铁、挤公交，或者一个人拎着大包小包，站在人来人往的商场门口，等一辆似乎永远都不会来的出租车。

这些事情放到我的头上，放到我这个一天到晚口口声声地说着最大的愿望不过结婚生子、早日安定下来的人头上，随时随地都可能搞砸。

我只是当了半天的旁观者，就已经精疲力竭，更何况真要水深火热地去感受一回。

如果我在经历这些每个成立家庭的人都会经历的种种琐碎生活的时候，还有一个晚上一定会回家的人值得我去等待，也就罢了。

那样我就不会惧怕，还有什么生活值得我惧怕，有个人会陪着我一起战斗。

可是他不会。

我要在菜市场挑西红柿的时候，想着他到底有没有去找别人。我要在带孩子去舞蹈班的路上，担心他今晚又要和哪个他不能拒绝的姑娘吃饭。

甚至当他躺在我的身旁，闭上眼睛后，我还要歇斯底里地想着，他今天是不是和公司的前台小姐在员工更衣室里疯狂地做了一回，他的牙齿咬着她的耳朵，她的口红粘在他白衬衣的衣领上，我要拿上 84 消毒液把那里一遍遍地清洗干净，然后抱着那个我无法舍弃的身体，像是抱着一具早已死去却用福尔马林浸泡的躯壳。

他在我的身边，我们的孩子就睡在隔壁，我拥有了我想要的一切，可我满脑子都是他打开别的女人大腿的样子。

当我走在从菜市场回家的路上，当我蹲下身修补又堵住的下水管道，当坏掉的抽油烟机开始泄漏，让整个房间乌烟瘴气的时候——

我的脑子里忽然闪现出他抱着别的女人的腰，他的脸贴着别的女人的脸蛋的样子。

他们舒服的呻吟让我在一瞬间彻底崩溃。

我就这样崩溃在地板上，像一个丢掉灵魂和尊严的皮囊，怎么也爬不起来。

每一天，我都要这样可怕地活着，只为了维持一个白头到老的假象。

"那我先回去了。你有事给我打电话。"我朝她招招手。

"阿姨——"绵绵拽着我，"你的手机。"

显然刚刚匆忙停车之后，我忘记带上手机了。

我尴尬地从他手里接过手机，接过一个孩子的照顾，仓皇地离开我的理想生活。

一步步逃离，我躲到我的房间里，抱着我的吉他，练习着晚上演出的曲目，像一个终于找到足够理由从战场退却的逃兵。

那天演出结束后，我径直走到了观众群里，走到那个戴着鸭舌帽的光头乐评人旁边。

我没有说话，他也没说话。我们就这样默默站了几秒。

"民谣巴士这周末出发去杭州，你还有兴趣吗？"他开口。

"我去。"我坐下来，朝他点点头。

他的笑容从浓密的胡子里露出来。"再来两瓶啤酒。"他对吧台的人说。

绿洲乐队唱过："请不要把人生全盘托付，寄托在摇滚乐团的手中。"音乐不是万能灵药，特别是对我这种总是希望倚靠什么来支撑自己残破意志的人来说，它就更不是什么万能灵药。

但至少当灯光亮起，和弦响起，在那不长的时间里，我快乐。

水城放到全国，严格意义上只能算是个三线城市。文艺事业发展步履维艰，并且盛产一些低俗透顶的冒牌文艺活动。比如气温零下的圣诞节，一群整容脸的姑娘身着比基尼，在冰天雪地里为某家整形医院分发圣诞礼品。她们浓妆艳抹，招摇过市，恨不得让每个路人都能见到颤动的四两胸脯。只要扫描她们圣诞礼物袋上的二维码，就可以获得圣诞礼品。群众也是卖力配合，不到15分钟，所有的圣诞礼品就分发完毕。与"比基尼圣诞老公公"的合影也很快出现在大家的朋友圈中。类似的活动还有某新开张的火锅店让女服务生化着类似昆曲演员的妆容，戴着繁杂的发饰，脖子以下却又被要求穿着类似比基尼的服装，围在一起吃火锅，分享所谓的企业文化。

文艺酒吧在这个如今还靠媚俗文化来起哄的城市，并没有太多结实的土壤。包括迷宫在内的一些 LiveHouse 和小酒吧，基本上都是入不敷出地在运营。在一个音乐大环境不算太好的境遇下，最佳的决策就是把唱歌当作一个不赢利的爱好。和王子天在一起久了，我最大的改变就是像那句歌词说的，不再把人生全盘托付在音乐上面。

乐队里有几个姑娘最近得了抑郁症，没来由地，大把大把地吃抗抑郁症的药，越吃越困，越困越自闭，越自闭越颓废。有个吃药的姑娘一天写二十条朋友圈，都是凌晨写的，大段大段文字，曲折晦涩，可见内心深处如迷宫繁杂，或是湿嗒嗒的森林，踩进去，鞋底都能湿透。她尝试过自杀，手腕上都是刀伤。平时似乎头顶总是压抑着一朵黑云，一上酒桌就玩命地喝，酒精上头之后就玩命地嗨，嗨完再哭，呼天抢地。

我给李雅发信息，说了抑郁症的事情。

她回我："瞎闹。女人有时间悲伤，不如花时间去学学化妆。让你那几个乐队小姑娘不要再发什么文艺青年的长篇感慨了。我在社交网络看到那种'孤独悲伤一个人'的姑娘就烦。现在人很直接。女人若真想改变生活现状，还不如好好拾掇自己发个自拍。你也拍一个，快。拍完直接发社交网络，不要写任何文字，才高级。"

我被逗笑了，然后听话地把手机交给对面的鼓手，让他帮我拍张吃饭的照片。

然后我这个万年不发状态的人，按下了发送键。

李雅、于疏影、杨天冬都在后面跟着点赞。

李雅评论了三个字：出息了。

我没想到的是，王子天也马上点了个赞，留言问：在哪儿呢？

我没回复他。不是故意抬高姿态，而是我真的不知道怎么回他。生活其实无比讽刺。我们多数时候说的话和我们心里的真实想法并没有太大的关系。杨天冬他们在我的手机里装了一个系统，这个系统可以让我随时看到王子天手机里的信息和照片。

他和很多普通人一样，需要面对无聊的工作，也不可能天天都有精力和时间去勾搭姑娘。就在我吃饭的这会儿，他拍了一张电脑屏幕的代码数据，所以我推测他肯定还在公司加班，百般无聊刷朋友圈看见我在外面吃饭，就好奇了而已。

"你在哪儿？"王子天的信息又跳出来。

我刚想回复，旁边那个得抑郁症的姑娘就趴上我的肩膀，哗啦哗啦地哭起来。我赶紧放下手机，好好安慰她。

"我真的好没用。我觉得自己……什么都做不好……"她在我耳边低声说。

看着她泛红的眼圈，我叹了口气，把酒杯从她前面拿走，不让她再沾一滴酒。

我经历过和她一样的自怨自艾，更明白自己讨厌自己是一种多么不好的滋味。人到了那种时候，只会想，人生如此，拿酒来。说什么都没用。

所以那天演出结束，吃完正餐，大家又嚷着去烧烤摊，所有人都喝大了，只有我一个人清醒地起身去结账。

烧烤店老板是个套军大衣的大叔。我们吃烧烤的时候有两个哥们儿拿着吉他在风口唱歌，这会儿也开始收拾东西。他们帮烧烤店的老板一起收拾桌椅。我迷迷糊糊地掏出钱包，虽然没喝大，也有点儿晕，就把钱包里的钱都翻出来。

"二百六十八，给二百六吧。"大叔扫了眼账单说。

我从掏出的钱里数出二百六递给他，他数都没数，就往钱盒里一丢。

"电影里说，像您这样拿到钱从来不数的人，花钱花得最快，最留不住钱。"喝了点儿酒，吹了点儿风，我也跟陌生人聊起天来了。看起来这只是件小事，但若还跟王子天在一起，给我一百个胆子我也不敢半夜出来吃烧烤，还上天了，敢跟陌生男子搭讪。

"啥电影？"大叔问我。

"《东邪西毒》。"旁边一个吉他手回答。

我看向他，黑色头发，戴副眼镜，轮廓不算棱角分明，甚至还有着学生气的圆圆脸，在寒风里却有种清冽的好看。

"我这脑子也装不下那么多数字啊。你们来杭州巡演呢？"大叔鼓捣着计算器结一天的账，算着算着，皱了皱眉，好像自己也算不清楚，干脆把计算器往旁边一推，和我们聊起天来。

"就玩玩。当旅游。没有巡演那么高级。"我回答。

"你看你这个小丫头片子。哥还没问你，你那一股小家子气的自卑劲头就都冒出来了。"大叔笑我。

"确实算不上什么正式的演出……"我说。

"那你觉得什么叫正式的演出呢？"方才那个圆脸男生问。

"至少得有果儿，得有舞台，得有乐队吧。"我说。

他们几个一听，哈哈大笑，弄得我蛮尴尬。

"丫头，着急回去睡觉不？"大叔问我。

"啊？"我傻了。

"走——我们几个带你见见大舞台！"圆脸吉他手把一串车钥匙扔给大叔，大叔眼疾手快地接过车钥匙，眼神里满是精神头儿，好像开始的不是夜晚，而是白昼。

他们开着改装的越野车奔驰在凌晨的街道上，整个车子前进的过程中，我都像不慎闯入了一个光怪陆离的梦境。隧道的灯光落在我的脸上，像是一种忽近忽远的旋律。我不知道自己在什么地方，这种感觉很好。

现在我能理解那种快乐到不想被打扰的感觉。我也能明白当王子天在寻找快乐的时候，我不停地给他发信息、打电话，问他在什么地方，问他和谁在一起，问他为什么要这样对我，他会冒出多大的厌烦。

汽车停在一片空旷的湖边，我和这些梦里的陌生人一起下车，他们将器材从后备厢里搬出，一件件摆满湖边的空地。

当圆脸吉他手把话筒放到空地上，安装好，小跑过来，用手肘抵了抵我的肩膀，示意我上去的时候，一瞬间我有点儿感动。

"这舞台怎么样？"大叔坐上架子鼓的位置，问我。

他们各就各位，站到属于自己的位置。虽然严格意义上来说我们连人都不够，而且在几小时之前，我们还是陌生人，但音乐一响起，我们就变成了无须多言的朋友。

在那个刮着冷风的冬天，各个城市的新闻都在播报雾霾预警，人们日日恐慌这糟糕的天气，却也默默忍受一切。王子天对我来说就像是糟糕的雾霾，不用他人提醒，每天，我都在抱怨他的一切。即使抱怨，我从未想过去改变什么，并且，我还能将这种雾霾一样的感情境遇当作挡箭牌——

我歌唱得不好，那是因为有这么一个男人不让我去放开唱。

我工作施展不开拳脚，那是因为有这么一个男人不让我晚上出去和别人吃饭，把我管得死死的，除了陪他，只想让我在家好好待着。

我一直像个井底之蛙，待在一个小城市，三天两头因为一点儿感情上的小挫折就去求助我的多年挚友，后来还去心理诊所请求援助，还是因为这样一个我无法在一起又舍不得离开的男人。

当然不是这样。

我的软弱让我总是屈服于现状，不愿做出任何改变。这种软弱深邃到一种不需要同情的绝地，让我在日复一日的消磨中，忘记改变的勇气和世界的美好。

在那个清冷的凌晨，在那个我一直以为的虚幻梦境里，和那几个萍水相逢的旅人一起唱了几首歌。我站在空无一人的湖边，眺望着湖对面已经沉睡的城市，一点点提高嗓音，唱起了 Muse 的《Unintended》。

没人能听到我的声音，我却感到从未有过的自由。

离开 LiveHouse 那个小小的火柴盒，我好像走到了黑色的宇宙中央。我不再需要观众或者灯光，不需要任何形式的回应。在那个没有边际的宇宙中央，我越唱，身体里越有力量。好像穿越了万丈银河，超越光速，回到那个高中的午后，我第一次走进学校吉他社团的那间小教室，拿起那把红松面单吉他，尝试着按下第一个和弦。

第一次碰到那把吉他，像是经历了一个懵懂混沌的冬天，每日过着不知所以的日子，过一天和过两天只是日历翻过去的区别，而有一天，春天忽然就大张旗鼓地来了，一夜醒来庭院里的花都开了，你感觉到身体里某些沉睡的东西被唤醒。

我的一个吉他老师告诉我，音乐是我们与宇宙连接的 Wi-Fi。对当时的我来说，音乐就是打开我身体的开关。

只是后来我忘记了那种感觉。

那天之后，我觉得《Unintended》不再是一首情歌。以前我总觉得这曲调绝望又无奈，是一个身陷囹圄、低到尘埃里的情人，那天再唱，忽然觉得，如果把那种诉求唱给广漠宇宙听，会是一种别样的深情。这个世界上，相互呼应的人实在太少了。人与人之间本就隔着高接云端的小小宇宙，很难相互理解。王子天不会回应我的诉求，而不能回应我的东西，实在是太多。

此刻我打开了身体的 Wi-Fi，渴望与整个宇宙连接，这样在漫长银河里，我这一粒尘埃，至少在那一瞬间，能获取某些我不敢奢求的东西。

整个城市早已沉睡，我在宇宙中央一点点醒来。

那个高中时候被我自己用懦弱和借口关掉的开关，又被打开了。

大叔他们开车把我放到一块儿演出的伙伴们的旅馆门口，临走前说："丫头，走了。"

"好。再见，叔。"

"如果哪天，你再厌倦了周围的一切——不是说那一切不好，就是如果你发现，你不再需要某些东西，你需要些别的东西的时候，打我们的电话。车上还有一个你的位置。你唱得不错，愿意的话，可以和我们一起走，随便去东南亚的一个小镇子，在街头唱一首没人听懂歌词的歌。"他戴上遮阳镜，说完就启动了发动机。这才是冬天的早上七点钟，根本没有防晒的必要，所以他一定是为了在离别的时候耍帅。

我目送他们离开，才掏出手机，看见屏幕上来自王子天的未接来电。

一共二十五个。

这是一个没有隐私的时代。国外有个男人控诉，他觉得自己已经完全不能自由地生活。他太太出差在外，晚上他只是发了条信息给她：注意别给臭虫咬了。第二天早上就收到了消除家中臭虫的服务广告。不知道是他用的什么搜索引擎或者社交软件读取了他的信息，将他的用户数据卖给了某家商业公司。当他和太太通信结束，打开他的购物网站，推荐列表里也许就有了好几家灭虫剂商品的推荐。当他浏览新闻，那些防虫的产品又犹如弹出的色情网页一样，出现在他视角的余光里。

渐渐地，日积月累，他的搜索引擎和社交软件，将会比世界上任何人都了解他。

比如我除了能同步王子天手机上的照片、信息，他的搜索引擎和我的搜索引擎也是同步的，因为我们共用着一个搜索引擎账户。

那天之后，我们再也没见过。我们再也不像大学时候那样，打很长时间的电话，发很长的信息，每天听他喊无数次宝贝和老婆。像所有成年人一样，我们分开得悄无声息，从某天起就变成互不联系的陌生人，一天，三天，一周，半个月，半年。讽刺的是，以前我们朝夕相对，我不知他心中所想；离开万里后，我反而比以往任何我们紧紧拥抱的时候，更加了解他心中的小小邪念。

他买了个剃须刀之后，不停地有其他牌子的剃须刀推送。

他的痔疮一定是复发了，因为每个我浏览的页面的下角，都会出现"痔疮复发怎么办"的广告。

他约会了两个新的女人，去了一家西餐厅。他给餐厅打了三星半，认为食物还行，就是空调不给力，有点儿冷。

他今天和赵羽以及赵羽的朋友一起去电影院看了《蚁人》，而他的大众点评账号又显示他们看完电影后，在一家港式餐厅八折闪付了一次晚餐。

有时候他也会加班到很晚，一个人坐末班车回去，坐在车厢的最后一排拿手机拍摄城市的雨景。摄像头是他的眼睛，我透过摄像头，看见城市的灯光和色彩像油画泼洒在玻璃上，悲伤又写意。

我跟着他的镜头去旅行。看见他站在许多高楼上，拍摄过城市的空间结构。有时候他站在高塔下面，或是站在钢筋水泥的丛林里，仰拍那些骨感的写字楼。男人和女人的思维方式不同，我总是会执着于某些细枝末节，在组装好一棵圣诞树之后，拍摄那躺在手心的红色铃铛，或是追逐一道光落在人脸上的瞬间。我通过那根看不见的连线，看到王子天拍摄的，多是一些城市的街头和全景。

民谣巴士一直继续在各个城市行走。有生之年，第一次，我去了那么多城市。

我在前进的途中，看到王子天拍的那些城市，忽然觉得，也许我与他执着的东西，就像天下千千万万男女执着的东西一样，男人看到的宽广，就像一棵高大的松树，女人看到的细微之处，就像那棵高大树木的一根松针。一根松针是那一棵高大树木的雏形，它们在某些纹理上如出一辙。世界只有那么大，许多东西，到头来都是惊人地相似。也许我们身外那个看不到边际的宇宙，整体的轮廓结构也与冬天里的某一片雪花相仿。

我已经厌烦那些大家紧紧握住不放开的争执，什么"直男癌"，什么"公平不公平"，什么"男人该怎么样，女人该怎么样"，或者"男人该对女人怎么样，女人该对男人怎么样"。我厌倦那些"婚姻""小三""出轨""浪子回头"的社会新闻。厌倦那些风花雪月的情感纠葛。

它们让我觉得无趣。我们看重的这些东西，也许比不上一朵雪花的重量。至少那朵雪花里还有另一个宇宙。

王子天问我"在哪儿"的信息，我一直都没有回复。他打来的那二十几个电话，我也没有拨回去，不是为了报复，而是我不知道回复他一些什么。

他和我一样，是个会看着窗外雨水里的城市发呆的普通人。

我们都是尘埃。《权力的游戏》里有个老妇人说过一句台词我很喜欢，她说什么男人女人，反正岁月不会放过任何人。

这个我曾奉为神的人，也会无聊的时候躺在床上，对着手机镜头拍上几张搞怪的自拍。会因为去了不好吃又贵的餐馆而生气，给上一星的差评。会遭遇突然起来的小疾病的困扰。

他也不是全知全能。之前我让他帮我推荐电脑，虽然是他最熟悉的领域，他的搜索引擎的历史记录里，却仍有"推荐的笔记本电脑"这一搜索历史。

　　周游一圈，回到水城后，于疏影、李雅和杨天冬说要给我接风。

　　我拖着行李箱，下了出租车，走到小区门口，抬头看城市夜晚的天空，第一次感到这么轻松。

　　天气预报说雾霾已经过去了，虽然不知道它下一次什么时候来。至少会过去一阵子。

　　但有些东西似乎不会那么容易过去。

　　从小道转弯后，我看见王子天就站在小区的花坛门口。他穿着黑色的大衣，身影融到夜色里。

　　"你回来了。"他看着我，尴尬地笑了笑，不好意思得像个未经世事的男孩。

Chapter 15

凉薄之人，何来遗憾。

　　"你知道吗？生活和小说最大的不同，就是生活随时随地就可能结束，啥交代都没有。"于疏影一边把一堆我连名字都看不懂的书放进收纳盒，一边不忘对我絮絮叨叨。她跟所有爱好总结生活的小说家一样，并不知道，生活有时压根儿没法儿总结。

　　"这堆衣服都不要了对吧？"我懒得听她天花乱坠的说教，戴起口罩帮她收拾屋子。李雅在水城大学的老校区里找了个老房子，想找人合租。而自从她和于疏影认识后，相见恨晚，她们最大的爱好，就是聚在一起，叽叽喳喳地吐槽我是一个多么奇葩无用软弱的傻瓜。这两个毒舌妞一拍即合，立刻决定住一块儿，还逼着我也租了剩下的一个房间。

　　"我们是为了拯救你，虽然我们嫌弃你，但还是愿意和你做朋友，不让你一个人待着无聊。"李雅的理由冠冕堂皇，其实还不是让我过去给她们两位女王大人做饭、洗衣服、打扫房间。

"王子天现在天天过来找你，你心里是不是特扬眉吐气？"李雅个子最高，踩个板凳，就上去把于疏影最喜欢的日式印花窗帘给取了下来。

"哦。我刚在你的垃圾桶里捡到一信封的百元大钞，你要是不喜欢，就给我好吧？"我努力对这个可怕的垃圾场进行分类。

"不要转移话题。他现在对你是个什么情况？"李雅从凳子上跳下来问。

"没什么情况。"我打包了一纸箱的衣服。

"你就不打算趁这个机会，好好打击报复，侮辱侮辱他？"于疏影的眼神里，充满了一个小说家期待剧情波澜发展的光芒。

"他跟我已经没关系了。"我把打包后散落在地板上的垃圾收起来。

"那我们给你介绍的那些男生呢，有感兴趣的不？"

"咱能换个话题吗？上次说好帮我写的歌词，你写了没？"

一说到跟写东西有关的话题，这家伙立刻就瘪掉了。

门铃在这时候响起，对我来说这声音简直是救命稻草。我赶紧起身去开门，门口站着一个鬈发的中年妇女，我盯着她微高的颧骨和上挑的眉眼，总觉得相识，但又想不起在哪里见过。

"你怎么来这儿了？"身后的李雅冷冷地对门口的女人说。

我转过头一对比，她们的眉眼还真有几分相像，原来是李雅的妈妈。

"听你弟弟说你住在这里……"她有点儿尴尬地杵在门口，像个快递员，没有主人的允许，不敢轻易踏进门。

"就他多嘴。"李雅的眉毛挑得老高。

"我就是过来看看。"李雅妈妈笑出一股低人一等的味道。那笑容让我觉得有些心疼，想起之前那个总放不下王子天的我。

"阿姨你快进来坐。"我微笑着发出邀请，不理会李雅在后面对我翻的白眼。

李雅的妈妈就这样勉强地在我们这里住了下来。尽管我知道在李雅的眼里，她就是一台年久失修的旧冰箱，既然没有往里面放任何食物的打算，也就永远不会打开。

"吃饭了！"李雅的妈妈招呼。

我和于疏影不好意思地坐到饭桌上，李雅还在对着她的电脑键盘噼里啪啦地敲打着什么。不用看也知道，她压根儿啥都没写，就是弄出一副她是全世界最忙的人，没空搭理她妈妈的样子。

"李雅——吃饭了——"于疏影过去拽拽她。

"我今天出去吃。"她头也不抬，好像这是一种有力的反抗。

我看到坐在对面的李雅妈妈一直尴尬地没动筷子，竖起耳朵想要听清女儿说的每个字。

"跟谁吃呢？之前没听你说。男的女的呀？"于疏影有时候咋呼起来没头没脑，所有的智商都在写稿子的时候用完了。

"男的。"李雅合上电脑，开始化妆。看李雅化妆绝对是一种视觉上的享受。她能在最短的时间里根据今天的衣服和鞋子，化出一套好像用美妆相机修饰过的精致妆容。如果你跟她讨论什么一个女人最重要的是情商而不是外貌，她只会一边将眉毛画得一丝不苟，一边轻蔑地对你说，一个女的，要是连让自己美这么简单的事都做不到，还有什么情商可言。

"谁啊？什么情况？最近没听你说呀。"于疏影已经开始端起碗大口吃起来。有饭她就走不动路，管不了爱恨情仇。

"我要想换不是分分钟？管他有老婆没老婆——"化好妆的李雅从包里拿出打火机，点了根烟，吞云吐雾。不知道怎么回事，我总感觉她是故意在那个时间点，在正对着她母亲的角度，才掏出烟，然后在敢怒不敢言的母亲面前点燃那根烟。

李雅妈妈动筷子的手停了几秒，她垂下的脑袋似乎想要抬起，却在几秒后又放弃了这个决定。她像个被忽然篡改指令的机器人，僵硬地从盘子里夹了块最大的花雕红烧肉，放到一旁李雅还没动的那一碗饭菜里。

那个小小的青花瓷碗里堆满了一个懦弱女人的讨好，浅浅的白米饭打底，一层层铺着土豆牛腩、挑掉青椒的土豆丝、肉末最多的麻婆豆腐、鱼鳃旁边的两块肉以及摆在最上面的李雅最喜欢的花雕红烧肉。

食物像金字塔一样堆在那里，堆到摇摇欲坠，散发着清香和蒸汽。

李雅如果再不吃，我都觉得过分了。

可我不知道，金字塔尖顶的那块五花肉，就像压在李雅身上的最后一根稻草一样。她看到那块肉，一定想到了小时候的饭桌上，母亲和奶奶把五花肉都留给弟弟，她只能眼巴巴看着的往事。

积压了这么多年的仇恨和愤怒，让她在起身经过饭桌的时候，做了一件非常幼稚的事——她看似漫不经心地撞翻了那个堆得满满当当的青花瓷小碗。碗里的食物瞬间就落了一地。原本看起来精美又让人充满食欲的食物落到地板上后，就变得不堪起来。最先不成样子的是豆腐，它们像烂泥一样塌在地上，酱油的颜色让地板脏得像一块二十年的抹布。李雅妈妈蹲下身，一点点拾起碎掉的小碗，嘴里像所有老年人一样虔诚地念叨着："碎碎平安、碎碎平安、碎碎平安。"好像那一头的神灵真能听见这个满身是罪的信徒的不安与祈祷。

李雅在门口换着她的绑带高跟鞋，好像屋里的一切与她没有任何关系。她就差像清宫戏里那个总爱翻白眼的妃子往屋里翻个白眼，显示她的不屑与冷漠。她这不是绝情，绝情需要你为对方付出好大一笔力气，她舍不得那点儿力气，宁愿积蓄下力气去酒吧里饮上几杯烈酒，也不想花力气对她母亲绝情。

她懒得去看屋里那可怜兮兮的女人，佝偻着身体捡起地上饭菜的样子。如果不小心用余光看见了，她也只会认为这个女人又在本色出演一场苦情大戏，这场戏她看了二十多年。李雅相信，女人能把这场戏演得炉火纯青。

我愤怒地想问李雅怎么这么咄咄逼人，这是你亲妈，桌子下面一只手按住了我。不动声色的于疏影攥着我的手，轻轻摇了摇头。然后她放下筷子，蹲下身，轻轻说："阿姨，我来吧。"

外面响起重重的关门声。如雷贯耳的都是李雅的幼稚。

我发现，这些帮助我渡过那段感情难关的朋友，各自生活里也不是一帆风顺，有些情况可能比我还糟糕，当然这不影响他们在批评我这个盼望浪子回头的怨女时，多么慷慨激昂和妙语连珠。

包括现在坐在我对面吃饭的杨天冬。

我总是喜欢在男人吃饭的时候转着眼珠子看着他们，因为我总觉得，看一个男人吃饭的样子，能看出很多东西。比如许多一本正经的直男，却总是拿不好筷子。他们拿筷子的手势很糟心，不像一个中国人。就算他们能无障碍理解筷子的杠杆原理，也没法儿用这两个木质的杠杆夹起一个小小的鱼丸。

王子天吃饭的时候总是一只手放在桌子下面，只有一只手放在桌面上。他吃饭总是一副苦大仇深的表情，按他自己的话说，他是个农民，并以此为豪。所以为他准备的饭菜一定要分量十足，物美价廉。

杨天冬属于那种吃饭特别讲究的男人，一个男人讲究起来比女人不知道要讲究多少倍。他反复地用茶水烫餐馆的碗筷，再仔仔细细把杯沿擦一遍，最后用手指轻轻弹一下餐具，然后迅速躲开，好像荡起了多大的灰尘。

"你说菁菁她会喜欢这条裙子吗？"他一脸紧张，在诊所训斥我和病人的那股毒舌劲儿瞬间全无，好像此刻我们角色互换，我变成了穿白大褂的心理医生，他变成了四处求救的病人。

"要我说，你要是真想得到她的重视，就不要这么重视她。干脆别带礼物过来。"我喝了口酸梅汁，嘲笑起他来。

"这话谁跟你说的？怎么这么耳熟。"

"你呀。杨医生——"

"去去去，我问正经的，现在小姑娘的品位我越来越看不懂了。我申请了好多次，菁菁都不同意我的微信好友申请。我还是上次从她爸爸那里看的她的朋友圈，现在怎么把头发剪这么短，还染个金黄色，一点儿女孩子的样子都没有！我看不化妆的照片还好，化了妆之后起码得老二十岁！"

"你怎么这么害怕你的小表外甥女？不像你的风格啊。"

"之前不是和你说过芸芸表姐的事情吗？芸芸表姐出事前，最后拨出去的电话，就是拨给我的。连拨了三个。我都没接。"

"你睡着了？"

"我可以跟别人解释，是我睡着了。但我没有睡着。我嫌她烦，没有接。"

"你真冷血。"

"我知道。你骂我，我反而心里好受点儿。"

"也不是……这种事情你怎么会预料到。放到法律上，你也不需要负什么责任。就是过不了良心这一关。"我实话实说。

"菁菁后来看见了电话记录，问了我这件事。我把实情告诉了她。然后从芸芸表姐出事的那一年到现在，我们基本上没怎么联系过。我给她打十个电话，她能接一个就是奇迹。有一天我给她打了二十个电话，她都没接，直接把我拖黑了。"

"这不是曾经的我和王子天吗？"我笑笑。原来我们这痴人和浪子的故事模式，放诸四海而皆准。

"滚蛋！我会有你那么没用？我会去摇尾乞怜地乞求不爱自己的人的垂青吗？我——"杨天冬的话还没说完，忽然脸上的表情就像川剧变脸一样换了，他收起了对我的尖牙利嘴，露出一个十分二百五的笑容，对着我背后说，"菁菁，你来啦。来来来，坐坐坐！"

我转头一看，一个短发瘦削的女生走过来，确实有种天下苍生都不在眼里的感觉。

菁菁在我旁边坐下，杨天冬把提前一周就开始筹备，拉着我和疏影挑了好几家商场的裙子推给菁菁："随便买的，也不知道你喜欢不喜欢。"

菁菁看都没看一眼，就把衣服扔到旁边的凳子上。扔衣服的动作和李雅推翻堆得满满当当的青花瓷小碗有的一拼。

"这是我朋友，陈广白。"杨天冬介绍。

"你找我有什么事吗？"菁菁直奔主题。

"没事就不能找你了？我就是想——"杨天冬倒了杯热水，递给菁菁。

"不能。"菁菁冷漠切断杨天冬的话。

"你这个小丫头，也给我适可而止啊。"杨天冬生气了。

"下个月我出国。"

"出国？"

"去纽约视觉艺术学院。"

"这么远？怎么现在才和我说？"

"跟你又没关系。"

"我是你舅舅！"

菁菁的嘴角向外扯了扯，好像她对杨天冬连这个笑容都懒得扯出来。她从包里掏出一个比手指还要细长的酒红色打火机，点了火，抽上一支烟，吐了口烟圈，不紧不慢地回答杨天冬方才激动的呼声。她轻描淡写地说："所以呢，舅舅？"

"舅舅"两个字说得她自己似乎都觉得有点儿好笑，她努力忍着没笑出来。

你是我舅舅，所以呢？一个早就没有家庭的小姑娘，你跟她说什么家庭，说什么血缘纽带？

"没什么事，我先走了。"菁菁站起身，拎包就走，连椅子上的衣服都没拿。

杨天冬给她倒的那杯水还是滚烫的，都没凉到能喝一口。她也没喝一口。

我看见杨天冬沮丧的样子，赶紧拿起衣服，追了出去。

"菁菁——"我拍了拍她的肩膀。

"你的衣服。"我把衣服递给她。

她接过衣服，对我微微一笑，说："谢谢。"

她对我的笑容如此温柔礼貌，我敢说大街上如果你见着这样一个冲你笑的姑娘，你说不定会爱上她。刚说完，她忽然捂着嘴巴咳嗽起来，我看出来了，是刚刚被烟呛的。我在心里叹了口气，想起在王子天冷若冰霜地面对我之后，转眼和别的姑娘嬉皮笑脸地游山玩水，悄悄在网盘里建了个"我和小三"的文件夹；我想起李雅前一秒还在房间里和我们有说有笑，下一秒看见门口站着突然到来的母亲，就立刻穿起冰霜一样的盔甲。

"不会抽烟为什么还瞎抽？"我笑着拍着她的后背。

"别告诉杨天冬那个酒鬼。"真是倔得很。

"放心。我不说。他平时那么损我，总有人能治他。"取得他人信任的最好方法就是和他站到一个队伍里。

菁菁抬起头，忽然定定地看着我，目不转睛，看得我都有点儿不好意思了。

"怎么了？"

"姐姐，你长得特别像我妈妈。"她有点儿委屈地说。

"杨天冬也这么说过。他说就是因为我长得有些像他表姐，也就是你妈妈，他才觉得要帮帮我。"不知不觉中，我和菁菁就并肩走起来。

"他就是个江湖骗子。"菁菁嘲讽。

"可不！"总算有人和我一起说杨天冬的坏话了。

"我是永远不会原谅他的。他做什么都没有用。"菁菁一脸严肃地说。

"菁菁，你别觉得你舅舅总过来烦你。总有一天，他会真正让你自由，不管你的。"夜风里，走着走着，我想了想，还是这样对菁菁说。

我不知道，是不是这个世界上所有的感情模式都是这样的。一方如果太在意，那么另一方就会厌烦。而当有一天，在意的那一方忽然心灰意冷，没力气再做任何在意的事情，那曾经感到厌烦的一方就会忽然紧张起来。

当然那浪子片刻的回心转意，还是建立在彼此有一定感情的基础之上的。何况多数时候，就算彼此之间有再深的羁绊又如何，无论是亲人、朋友，还是痴男怨女，如果落到不得不分开的局面，也没什么好可惜的。人生太短暂，这个世界上快乐的方式又有那么多种，前一夜伤心太平洋，第二天就可以搭上飞机环游太平洋。那句经常被非主流小青年拿来当 QQ 签名的话说得好——凉薄之人，何来遗憾。众生投入情网，有人是痴人，就有人是浪子。大家孜孜不倦地去当试验品，验证这个凉薄的大命题。

所以那天当我推开门，看见厨房里王子天洗碗的背影，我的嘴角，和菁菁一样，抽出一丝懒得使出力气的笑容。我的眼角眉梢，也一定和看见千里迢迢从县城赶过来的妈妈的李雅一样冷漠。

"你回来啦。"于疏影冲我使了个眼色。她那夸张提高的分贝，一定是在给正在洗碗的王子天通风报信。

"嗯。"我放下包。余光里的王子天一直没回头，好像那几个碗能洗上好几个世纪。

客厅的桌子上摆着一大束鲜花。躺在沙发上的李雅指了指鲜花，又指了指在厨房里洗碗的王子天。

"那个啥，吃了吗？没吃还有菜，都是你喜欢的菜，有人特意给你留好了，微波炉转一下就行。"疏影明明知道我晚上是出去和杨天冬吃饭，还故意来这么一出，把"有人"两个字说得格外大声。

"你是糊涂了吧？人家晚上可是在外面吃的大餐。怎么样，今天相亲状况如何？男方可帅？"躺在沙发上的李雅接过话茬，又故意把"相亲"和"男方"两个字重重说出来。

真是受不了这两个爱演的家伙。

"啪"的一声，厨房里一个碗就这么碎在了地上。

疏影一惊，眼睛瞪得圆鼓鼓的。李雅翻了个白眼，努力忍着不笑。

"还行。一般吧。也是第一次见面。"我顺水推舟地回答。余光里王子天开始拿起扫把装模作样地清扫刚刚打碎的瓷碗。配合着这肥皂剧情，看来我们家这几个碗是不够摔了。

王子天，你这一招已经被我用烂了好吗？当年你跟我闹分手的时候，我就用过团结一切可以团结的力量，增加对方身边好友对自己的印象值这种策略，我可是相当有经验。那会儿，王子天一跟我闹脾气，我就会拎着小水果小蛋糕去他们的实验室，跟宿管阿姨一样见谁跟谁聊，分发小水果小蛋糕，团结基层力量。所以每次王子天耍王子脾气的时候，他身边的人民群众总会站出来袒护我几句。

如今，角色互换，王子天早上就拎着一大堆菜呀肉呀过来做菜，吃完之后又主动揽起了上上下下的家务，在我们看电视吹牛的时候，勤勤恳恳地洗碗、扫地、拖地，还矫情地刷了马桶，用写程序的精神头儿，拧着劲干活。

"我听说那个医生条件不错呀！一表人才，还忠厚老实！最重要的是对女朋友一心一意！"李雅继续推波助澜。

"行了。"我朝李雅使了个眼色。王子天生气不生气跟我关系基本不大，没必要唱这一出给他看。

我走进卫生间，看着他，开门见山地说："你来我这儿干吗？"

"听说你从家里搬出来了，就过来看看。"他放下马桶刷，乖得像个孙子。

"没什么事你就回去吧。"

"赶我走呢？"

"对。"我直言不讳。

"老婆——"

"你叫谁呢？"

"宝贝——"

"恶心不恶心。没什么事你就先走吧。"

这几天我听太多人说这句台词，没想到也轮到我了。

他伸出手，想要抱我，我直接拿起旁边的刷牙杯丢到他身上。我保证这不是什么打情骂俏，是我发自骨头里的厌倦。

那个刷牙杯不偏不倚地打到了他的鼻子上。他有些诧异地看着我，半晌没说话。

我忽然想起大学的时候，在学校的湖边，因为我没有及时往一个银行账户里打钱救急而争吵，我第一次看到他这样可怕的愤怒，因为害怕失去他，我上前抱住他，却被他狠狠地甩开，跌倒在地上。他在高处大发雷霆："你把钱看得比什么都重要！那是我堂弟，我们可是一个爷爷！"

如今，那样居高临下的他就站在我面前，蹲下身，捡起地上的刷牙杯，放回原处。然后在那个狭窄的门口，他伸出手，又缩了回去。就像那个跌倒在湖边的草地上，没有勇气再伸出手的我。

"那我走了。"他说。

我懒得回应他，走到客厅里，躺到沙发上开始看电视。

在他经过我身边的时候，我看见他裤子口袋里露出一个褐色老爷爷的手机挂件，那是我大学时候和于疏影一起在学校门口花十块钱买的，一个褐色衣服的老爷爷和一个紫色衣服的老奶奶，还装饰着"一起变老"的图案。跟所有刚刚恋爱的幼稚小姑娘一样，我把那个老爷爷的手机挂件绑在了他的手机上。现在，我看见他口袋里那"一起变老"的图案已经被磨损得差不多了。

他走到门口，余光里我看见他的背影，灰溜溜的像只狗，就像曾经的我。

我的眼角忽然生出一根尖锐的刺，终于，我还是放下遥控器，吸了口气，叫住他："王子天——你等下——"

他惊讶地回过头望着我。

"桌上那堆垃圾，麻烦你帮我带下去。"我指了指餐桌上那束沾着露水的鲜花，冷冷地说。

我自己都不知道，我心里积累了这么多用懦弱的爱意伪装的仇恨。

王子天走后，于疏影几乎是一脸崇拜地打量着我。

"牛 × 啊！"她感叹。

"是还不错。"刻薄的李雅也赞同。

我没说话，掏出手机，直接扯掉那个成对的手机挂件，丢到垃圾桶里。

"妈呀，陈广白你真是付出越多，越不觉得可惜！这不是大学时候我们一起买的吗？我们还约好一起送给未来喜欢的人……然后那个夏天，我们两个人真的都恋爱了，成功地把'一起变老'的手机挂件送出去了。"于疏影都看呆了。

"你们还做过这么玛丽苏的事情？"在旁边涂指甲油的李雅嗤之以鼻。

"对呀。你还记得不，买完手机挂件我们还去了旁边的那家陈记吃了超好吃的牛肉面，那时候我们还是穷学生，除了牛肉面，一个人还吃了三碟免费的小菜。面馆的门口有个特别陈旧的旋转木马，我们吃完面一人玩了一把，晚上逛夜市的时候还顺手买了钟表耳钉……"于疏影的记忆能力可怕得如同一台时光刻录机，她能神奇地记得小学某天上学你穿了哪条格子裙，或者早已往生的外婆在她可能话都说不清楚的时候，往她衣服口袋里塞鸡蛋和糖果。

"然后那个夏天，有天你醒来，告诉我昨天晚上你做了个梦。你说你梦见了未来的恋人。你梦见你们一起去学校旁边的夜市逛，整个过程你都很开心。但是你没看清那个人的脸……过了一个月，你就在图书馆遇见了王子天……"这个家伙一沦陷到回忆里就不可自拔。

"听着像小说。于疏影，没人关心自己过去哪天吃了几碟免费的小菜，或者做了什么梦，你说的这些我懒得听，我要化妆出门了。这些什么旋转木马，什么走过长街的梦境，你留到自己的小说里吧。"我学着李雅的口气，击碎她头顶飘浮的无数泡沫。

说完这句话我就后悔了，因为我看见于疏影脸上闪过一丝凝重的失落。我知道我说什么都可以，但是不能质疑她的工作。

"现在听歌的人很多，但几乎已经没有人看书了。我说，于疏影你要不去开个微博账户，做个写心灵鸡汤的段子手，晚上睡觉前大家头脑一热，说不定就转发了。"李雅又来雪上加霜。

于疏影沉默了，脑袋垂下来，刘海遮住脸。这家伙说不定要把我和李雅的名字放到她正在写的悬疑小说里，作为暴毙街头的无辜小白鼠的名字。

"喂，疏影，我们瞎说的，你别放在心上……你一定能写出一个好故事的……"我拉拉她的衣角。

她还是沉默不语。我和李雅互相使了个眼色。

"你们说的话实在是有点儿过分……过分得我都不想把我的一个巨大发现告诉你们。"她总算抬起头。

"不要那么小气嘛。"我推推她的肩膀。

"虽然我知道我的故事写得并不好，但至少我知道我写得不好。我也不想去微博上写什么心灵鸡汤，它们对人生毫无帮助。"这个家伙正经起来真是可怕。

"好啦。宝贝，快，告诉我们你这个小说家是如何洞悉复杂的人性，抽丝剥茧，于生活的迷雾中发现了不可告人的秘密？"李雅也放下指甲油瓶，一边竖着双手晾干指甲，一边过来推搡于疏影，故意用文绉绉的口气来撩拨她。

"哼，我说的东西其实很简单，只不过你们不细心观察而已。"于疏影撇着嘴。

"到底是什么呀？"我着急了。

"你搬到这里的事情连你爸妈都还不知道，你只是带了一部分生活用品，和叔叔阿姨说到我这儿住一段时间，其他的都还没说。这个房子是我们上个礼拜才租的，还在收拾中，我们连物业的电话号码都没有。第一次来这个小区的时候，我们三个人绕了二十分钟都没找见这个树林掩映的地方，就在前天，陈广白你这个路痴还走错了门。所以，为什么……"于疏影一本正经地推理。

"所以为什么王子天会知道你搬来这个地方？你们不是好久

没联系了吗？"李雅接过话。

忽然，我意识到了什么。我放下手中的粉底，打开我的Mac，点开我的百度浏览器，将鼠标移到搜索的空白输入栏。

在输入栏的下面，有几行最近的搜索记录，除了我经常搜索的几个网页之外，还有一个"水城大学老校区出租房"的搜索选项。

房子是李雅找的，我没搜索过这个选项。

"是王子天搜索的。这个搜索引擎现在是他的账号。为了不让他发现他的账号遗留在你的电脑上，每次搜索我们都让你删除搜索记录。"李雅提醒。

"后来杨天冬让我直接用谷歌，用自己的账户，这样他就不会发现我能看见他的云端同步。"我回答。

"你点开右上角的历史搜索记录。"于疏影提醒。

已经有很久，我没再顾及这个云端账号上带来的关于王子天点点滴滴的消息。曾经有段时间，我心理扭曲一般，像许多男人出轨的女人一样，巴着蛛丝马迹不放手，根据一条微博、一条微信、一个回复、一个女生的头像、一张照片的边边角角去刨根问底，还原出一个也许清晰也许模糊的故事，还原出他不爱我的种种证据，还原出他的每一个谎言。

而有一天，我终于发现我的快乐和痛苦不应该来源于一个虚无缥缈的云端账号。在真切的生活里，我能够获得的快乐和痛苦应该更多。我亲自去触碰的每一件东西，才是值得我去感受并领悟的。就像我需要一顿别开生面的晚餐，不是随便在网上下载一张加了好几层滤镜的图片，我需要自己去菜市场，面对那些还粘着黏土的葱姜蒜，在下班高峰期排队结账，然后在抽油烟机的轰隆声里和那些土豆、猪肉、玉米交谈。

只是我没有发现的是，在我观察云端之上有关王子天的蛛丝马迹的时候，王子天也在那一头关注着我。甚至，当我已经放弃的时候，他仍在那一头看着有关我的一切。

"你想想，你是不是有什么东西丢在王子天那里了。就像他曾用过你的苹果电脑一样。你是不是也在什么情况下用他的电脑登录了什么第三方软件。"李雅分析。

我大脑里的时间线开始抽丝剥茧，逐渐退回我们曾经在一起时的生活场景。为什么王子天总能第一时间发现我又淘宝了一堆东西，然后说我乱花钱？一定是我哪天用他的电脑登录了我自己的淘宝账号，然后在那之后，我无论买什么东西都在他的掌控内，成为他谴责的话柄。"你不要总是乱花钱，把钱存下来我们结婚用。"光这句话就曾让于疏影气个半死。

"淘宝。淘宝上我改了收货地址。地址就是现在这个地方。"我回答。

"还不止，"李雅继续浏览我电脑里的搜索记录，"他搜索了很多跟你有关的东西。你的生活也等于在他那一头直播了。"

我闭上眼睛，好让脑袋里那根毛线可以滚回原始的毛线球。那些碎片一样的时间在我脑海里拼凑重组，回到了大学的时候我们面对面吃豆腐脑的场景。

那个寻常的周五下午，我们因为一碗豆腐脑大吵一架。

"在你心里我连一碗豆腐脑都不值吗？"我冷笑。

"是你的态度问题。我不喜欢别人浪费食物。"

"我不懂你的逻辑。"

"你不要总是做错事还找借口。"

"你觉得这样有意思吗？一直这样把时间和精力浪费在生活的琐碎上面，而忘记了有更重要的事情去做。"

"生活本身就是重要的事情。"

"我只是觉得这些事情根本就不需要计较，人应该有情怀和梦想，而不是把时间花在这些日后想起来毫无意义的事情上面。"

"你就是在给自己找借口。两个人在一起过日子，如果都像你这样浪费，日子根本就没法儿过了。你动不动就浪费，用了几天的手机，说不用就不用了。"

"那个手机总是显示内存不足。"

"你自己不好好对它，它怎么会听你使唤呢。你看，现在这个小苹果在我手上，不也好用得很嘛。"他晃了晃手上白色的苹果 4s。

对。就是这个。我脑海里的画面定格在这里，这一帧画面被逐渐放大，再放大，直到放大到王子天手上的那个我曾经用过的手机。

手机上注册的所有软件我都没有退出。苹果手机本身的账号我也从未退出过，密码这些年也都没改过。

王子天可以从那个小盒子里，掌握我每天的一举一动。它能同步的东西，远远超过我那个小小的百度云。

我吸了口气，"啪"地合上电脑，夺门而出。

我走到楼下，他就站在离我不远的地方。像每个以往的日子一样，却又不一样。

"我真没想到你一直这么关注我。"我冷笑着摇了摇手上的手机。

"我知道你一直在暗中看我的账号。那些信息都是我筛选之后让你看到的。我跟那些姑娘根本就没什么。是因为我看了你的云端消息，知道你在和我吵架的时候，和别的男人一起吃饭了。我太生气了，才故意让你看到那些信息……"

"所以呢？"以前看书上写男人只会变老，不会成熟，不知道是什么意思。现在算是明白了。

"我还是很爱你的，老婆。"他过来要牵我的手。

我后退一步，冷冷地问他一句："你到底出轨没有？那年出轨了第一次之后，有没有第二次？”

"那一次怎么能是出轨呢？我就和她睡了一觉。"他辩解。

我默默地看着眼前这个高大的男人，看了好几秒，不明白他的内心为什么如此狭隘。

他走过来，一脸委屈的微笑，自以为这一切是另一种形式的重归于好，自以为我脸上的冷漠和隐藏的愤怒只是一种小女孩的撒娇。

所以他无比自信地张开他的手臂，抱住我。

我的脑袋挨在他的肩膀上，他如获至宝一样抱着我。

我贴着他的耳朵，有句话，我想了很久，在那个时刻，我终于说出了口。

我一字一顿，咬着字眼跟他说："你怎么，不去死。"然后转身离开。

Chapter 16

做一个没有故事，只会生活的人。

那天离开王子天之后，我扔掉了我的手机卡，注销了我所有第三方软件的账号。在杨天冬的建议下，我重新申请了所有我能想起的云端账号。

一切清零，并不代表我真的能重新开始。

不过至少代表，我是彻底厌倦了那一段过去。

除了我之外，大家的生活也不是那么一帆风顺，都在为各自的人生努力经营着。那段时间，唯一算得上有趣的事，就是杨天冬结婚了。

刚认识的时候，他还是个半吊子心理医生，是每周去戒酒互助协会胡言乱语，发誓自己再也不酗酒的酒鬼。那时的他，感情生活一团糟，没有信心与人共度一生，还开玩笑说也许自己一辈子都不会结婚。

而命中注定的人说来就来。

杨天冬说第一眼见到她，就觉得整个人都清醒了。

"睡了好久，猛然清醒的感觉。整个世界都是光，再也不想喝醉了。"他说。

"杨医生也这么少女心呢。"李雅嘲笑。

"去去去。你们两个，给我好好帮忙筹划婚礼啊。"他一脸小男孩的幸福。

这本来就是个没有秘密的时代。很多东西是没有办法避免的，你上一秒在淘宝上买了一条赫本半身裙，下一秒淘宝就会把相关的复古半身裙的款式推送给你，网络对你的诉求了如指掌到可怕的地步。你只是他们数据库里一个小小的数字，有时候你是分母，有时候你是分子。这样的情况数不胜数，各式各样的搜索引擎牵着你，谁知道它们哪天会把你牵到哪里？反正你早已经离不开它。

"你知道吗？外太空有种生命体，他们彼此之间根本不需要交流就能明白对方的意图。"于疏影从电脑桌前转过身，裹着毯子，幽幽地和我说话。每当深夜来临，也是她这个小说家的灵感油尽灯枯的时候。如果不和正常人类交流两句，说不定她会做出生吞笔记本的事。

"瞎扯什么呢？"我一边刷着衣服的店面一边答应她。

"真的。我昨天才看的。他们说外星有一种生命体，他们的思维是透明的。在他们那里，不存在任何形式的欺骗。这种外星生命体在许多技术上比人类文明要先进很多，但是他们却害怕人类。"

"害怕人类什么？"

"他们害怕人类会欺骗。他们从来不知道欺骗为何物。"

"过几年技术发达了，人与人之间也没有什么秘密可言了。但人只要有机会变坏，就一定会变坏。这跟技术和智商没关系，人又不是海豚，明明有那么高的智商，还等着被屠杀。"李雅躺在那里边敷面膜边玩手机边发表她的评论。

"这段话借我，写故事里啦。"于疏影眨眨眼睛。

"收费啊！"李雅立刻坐起来。

"陈广白——我饿了——"我一首曲子还没写完开头，于疏影又爬过来黏着我。

"别烦我啊。"我挥了挥手。

"要不要我帮你把王子天写死？"她戳戳我。

"随便。这人跟我早就没关系了。"

"唉，要是按照国产八点档婆媳剧的剧情，应该是他浪子回头，改过自新，然后你们再破镜重圆呀。"

"你也说了是八点档婆媳剧。"我给了她一个微笑。

"啊啊啊啊啊，我真是要饿死了！李雅，我好想吃你妈妈烧的红烧肉！真是太好吃了！"看我不搭理她，于疏影又去缠李雅。

"我做给你吃吧。"真是出乎意料，李雅不仅没有因为红烧肉这个敏感词而生气，反而起身，撕下脸上的面膜，在做完护理之后，愿意围上围裙，再去厨房沾上一身油烟。

我从来不知道李雅这么会烧菜。

她一直都很嫌弃厨房。她买的所有衣服也都是气势汹汹的风格，穿上之后有种这位贵妇家里有十个用人，必然是十指不沾阳春水、两眼不入针线活的感觉。

"五花肉要选上好的，肉要切成大块，这样吃起来才会有大快朵颐的感觉。特别是于疏影，一口能塞一个。"

李雅把头发扎起来，没有夸张的眼线和耀眼的口红，素面朝天。她系上围裙，开始切五花肉、姜片。在旁边洗盘子的我都不敢和她说，她在厨房里的样子，简直和她妈妈一模一样。

"我们家烧红烧肉，一滴水都不放，全部都用花雕酒代替。再放三四种生抽。这几种生抽应该是我妈从老家带来的。"李雅从厨房的桌上拿了瓶生抽，信手洒在红烧肉上。

"以前我妈在厨房忙，我就在旁边看着，越看越觉得自己以后不能过她这样的生活。所以我很少做饭。你再帮我切一根葱。"她往沸腾的五花肉上洒了花雕酒之后，盖上锅盖，吩咐我。

"现在再用小火焖一个小时。焖的过程中要不时掀开锅翻炒一下，这样红烧肉不会粘锅。烧这道菜，会让整个屋子都是香味。但小时候，我基本上就是闻，没的吃。"

"李雅……"我把手搭在她的肩膀上。

"很奇怪，我曾经做梦都想要吃一块红烧肉，但后来一个人出来之后，有个冬天的晚上，加班到很晚，工作也不顺心，我买了很多菜，想回家烧。小区门口有一片竹林，晚上天太黑，我不知道那条路已经结冰了，走上去就滑倒了。西红柿啊，土豆啊，萝卜啊，滚了一地。

"趴在冰面上的我并没有直接站起来，我趴在那里，没有声音地哭了起来。现在我才知道，我太需要那一个跌倒了。我发自内心地感谢那个跌倒。那个冰面温暖得像一张床。"

李雅很少说这样感性的话。大概是黑夜如歌，人的神经会敏感纤细起来。

"我不明白婚姻这件事。也不明白既然那些奇怪的传统和偏见给人们带来那么多痛苦和疏离，为什么人们还要遵守它。如果我有钱，肯定就不需要伴侣。有钱又自由，夫复何求。没钱的话，需要一个伴侣来吵架，搞家庭，分散注意力，以此痛苦代替彼之痛苦。"她掀开锅，一边翻炒着红烧肉，不让它们粘锅，一边说。

锅里的蒸汽扑到她的脸上。她方才静谧的五官又开始眉飞色舞起来，好像那短暂的几秒文艺气息的忧伤已经和老抽、生抽一起融化在五花肉松软的皮质里。她又变成了那个简单粗暴、干净利落的姑娘。要是放到移民时代，她都能去本色出演《爱在他乡》

里的小镇姑娘，漂到大洋彼岸，到哪儿扎根都能养活自己。

"你做什么我都支持你。我不希望你回老家，做什么无聊的文员，天天穿着太平鸟少女系的蕾丝蝴蝶裙，坐在红木办公桌前，对着陈年的电脑键盘，敲打一些乱七八糟的文件。"我把切好的葱花撒到锅里的五花肉上。

"算你有点儿想法。"李雅笑笑。

"留在这儿，有什么要帮忙的尽管和我开口。"

"还真有。"

"说。"

"帮我把这个月的房租付了。下个月发工资还你。我妈走的时候我把手上的钱都给她了。女人有钱就有安全感。她现在在我弟弟那儿一点儿主都做不了，留点儿钱总是必要的。"

"好。"

"你们劝我的话，后来我想了想，确实，她们那一辈女人，因为家庭和教育，思想没法儿开阔。就像我妈，之前还说了件事，让我无语，她说她有个朋友，生了五个女儿，一个儿子都没有，这多可怜。这样等她老了，谁来给她烧纸？我们会觉得，女儿不能烧纸吗？她就摆摆手，说那怎么能一样呢？所以一定要生儿子呀。"

"听起来确实让人生气呢。"我说真心话。

"对呀。但是她们也都是善良的女人，只是时代局限了她们。也许我们以后的女儿也觉得时代局限了我们，让我们那么愚昧。"

"未来的事，谁知道呢。我们还是吃红烧肉吧。"我抵了抵她的肩膀。

"啊啊啊啊，我的红烧肉！你们给我留点儿！"门外的于疏影听到红烧肉这三个关键字，疯了一样冲进来，那盘红烧肉在她眼里无限放大，像一座大山一样挡在她的面前。

"于疏影，吃完这个你能交稿吗？"我调侃。

"你再写不完，我们都快忘了你曾经是个作家这件事。"李雅也笑了。

可惜，有了这座红烧肉的大山，周围我们讲话的声音，她已经全部都听不见了。她坐在这座大山面前，双眼亮晶晶地闪着光，一个人不停地吃着红烧肉，差点儿把盘子吞下去。

所谓母女，不像是夫妻，是无法轻易切断关系的。就算沉默无语地中伤对方，心里永远都会有对方。和解是电视剧情里的帮衬。多数时候，生活中的亲人不需要和解。大家都怀着对对方的不满，相伴到老，直到入土，身体烧成骨灰，血缘和姓氏还要附着在基因上，一代一代地相传下去。爱恨也是。

李雅和妈妈的关系是永远的羁绊。家人是割舍不断的。

就像菁菁出国之后，就算还是对杨天冬冷冰冰的爱理不理，但杨天冬结婚的时候，她还是二话不说买了第二天回国的机票。到了婚礼现场之后，她噼里啪啦地和我抱怨，这新娘得多可怜，要嫁给一个酒鬼。我告诉她，杨天冬已经戒酒成功了。她撇撇嘴，还是不停地絮叨杨天冬的可恶之处……

然后转身，又把厚厚的红包塞到礼金盒里。真是可爱得要死。

不像我和王子天，像是光临了彼此的生活，穿上恋人的角色衣服，走马观花地把某个微博帖子本色出演了一回，意气不投再各自离开。刚刚分开的伤感愈合后，日后，除了过得不好的时候，基本不会想起对方。

参加完婚礼后的周末，为了弥补之前的张皇失措，我带着绵绵和羊羊出去郊游。

"真是麻烦你。这是他们中午吃的盒饭。羊羊不喜欢吃萝卜，我把萝卜丝切得很细，揉到了糯米丸子里。哦，这里还有两条小方巾。小朋友动不动就流汗，所以给他们每个人准备一条。"女人还是一贯的温婉。头发随便用夹子夹在脑后，有几根自然地散落在额头前面，在早晨的光里，散发出一种柔美的光。

看到她，你会觉得婚姻并没有那么可怕。

我带绵绵和羊羊去企鹅馆看企鹅。这次展览在网上宣传了很多天，来之前我还带绵绵和羊羊看了 BBC 的纪录片《冰冻星球》。纪录片里一只企鹅在那里辛辛苦苦地叼着石头建房子，它刚转身去叼新的石头为自己的房子添砖加瓦，另一只企鹅就过来叼走它辛辛苦苦积攒的石头。绵绵和羊羊指着电脑哈哈大笑。

我以为到了企鹅馆之后他们会对真的企鹅更加感兴趣，可惜并不是这样。

企鹅馆光进馆就排队排了一个钟头，进去之后也是人满为患。玻璃罩里的企鹅也没有纪录片中的有趣。它们不需要叼石头来建房子，只需要站在那里和游人合照就可以。

羊羊打了个哈欠，揉了揉眼睛，抬头看着我说："阿姨，我好困，我们回去吧。这里人好多。我想回去和哥哥打游戏。"

"我觉得他们没必要真的弄一个活的企鹅过来。"绵绵盯着玻璃罩里的企鹅出神。

"啊？"我蹲下身听他说话。

"反正我们也摸不到。我不介意他们放一个企鹅模型或者企鹅机器人。"

我摸了摸绵绵的脑袋，笑着说："那我们回家吧。阿姨给你们做意大利面吃好不好？"

"好！"两个小家伙异口同声。

有时候我会想，我们到底生活在一个什么样的时代？小孩子都能看出的问题，我们多数大人却视而不见，只要获得感官上的快乐，就能继续安稳地活下去，用各种理由来说服自己这是最好的时代，或者说服怀疑的你，你想不出更好的时代。

也许你会说，这个问题不是一个普通老百姓需要考虑的。我们只要按部就班地结婚生子，好好生活就好。只是当我们被当作齿轮固定在时代的指针下方，我们推着这根指针往前进，却不知道这一切到底正确与否。

和王子天分开之后，我开始控制自己对社交网络的依赖，基本上没有再留下什么痕迹。并不是说，离开他我就能脱胎换骨，变成另一个陈广白。改变生活并没有那么简单。

我辞去了电影发行的工作，把全部的精力都放到音乐上。

当我写出一首我还算满意的曲子之后，就给在杭州烧烤摊遇见的那个大叔打了个电话。

在电话这头，我把曲子播放给他听。

他听了之后，沉默了一会儿，说："我早说了，你跟那些只知道弹几个简单和弦，写点儿文艺歌词，惹得一般文艺青年热泪盈眶的民谣歌手不一样。你做的东西很有诚意。我觉得你需要一个乐队。"

我笑了笑："就是不知道乐队需不需要我。"

"你一直是我们的一员。"他的声音毫无质疑。

从某天开始，我的生活忙得只要挨到枕头就秒睡。我专注唱歌。于疏影专注写小说。李雅开始和杨天冬合伙，经营他们的心理诊所。李雅是个营销天才，杨天冬每天都感觉要跪着和她说话。

生活还是像以往一样，不遗余力地折磨着我们。每隔一段时间，我们会约在一起做饭。让人间烟火平复内心的惆怅。

那天我从超市出来，拎着大包小包为晚上聚会准备的牛肉火锅食材，迎面撞上一个高高瘦瘦的男人。

男人目不转睛地看着我。

"广白——"那头是个隔着岁月长河依然觉得熟悉的声音。

我有点儿愣住了。

"是我啊。"男人有点儿激动地指了指自己棱角分明的脸。

"不是吧……"我惊叫。

"小胖！是小胖吗？"我不敢相信自己的眼睛。

"对呀。"

"你怎么瘦成火柴了！"

"岁月对我来说就是道闪电。"他一脸骄傲。

我们在超市旁边的咖啡店坐了一会儿，聊了聊多年的情况。

"多谢你之前发给我的 Word for Mac。"我感谢。他可不知道，正是因为我点击了他发我的那个文件，我的人生发生了巨大的转折。

"没有什么啦。术业有专攻。你让我写曲子我也是半个字都写不出来啊。"他摆摆手。

"对啦，你研发的那个软件运行得怎么样啦？"

说到这个话题，他有点儿尴尬地摸了摸后脑勺。这个习惯性动作他保持了这么多年还是没改。小学只要因为买鸡蛋饼迟到，被老师质问为什么迟到的时候，他都会做出这样的动作。

"你可以下载一个看看，叫作'忠诚协议'。"

"忠诚协议？"

"嗯。是一款给恋爱或者婚姻中的人研发的软件。输入各自的手机账号之后，男女双方就可以看到对方手机里的任何信息、照片、软件以及其他。两个人就会生活在透明之中。"

"……这软件太可怕了。没有人会下载吧！"

"一开始的时候，下载量多到我们的服务器崩溃好多次。但是一个月之后，那些人又纷纷卸载了……"

"肯定啊。如果都知道对方心里怎么想，估计恋爱也没法儿谈了吧。"

"嗯。我太理想化了。"他一脸沮丧。

"人都会寂寞。就算不会肉体出轨，也会精神出轨。那些被我们删除的碎片，是我们潜意识里想要忘记的自己人性里不忠诚甚至邪恶的部分。你这样用放大镜把那些双方想要隐藏的东西呈现在情侣面前，肯定会出事啦。"

"有投资方建议我，把方向转向窃听软件，专门做窃听生意。那些想要调查自己另一半的人将会让这件事很有市场。但我觉得，这太无趣了。每天要面对一堆晚八点档的肥皂出轨剧情。"

"说实话，这样说不定你会赚得很多。"

"随着技术的进步，未来人类的个人信息就不值钱啦。"他苦笑。

我应该早点儿把发生在我身上的事情告诉小胖，也许他就会觉得这个软件有多么可怕。毕竟当一段感情发展到需要窥探对方手机里那个不见底的深渊的时候，已经没多大意义了。

在逃离那个虚无缥缈的云端之后，王子天有几次试图联系我，我没有接听他的电话。

我很理解他的心情。就像那时候，我每天都给他写一封信，期望得到他的回应一样。

有一天，我接到一个陌生的北京号码。是他打来的。那时候他已经去了北京发展。

我心平气和地接了电话，从那天起，我们的关系开始缓和。他变成了我手机里一串没有感情的数字。

只是，他总是出乎我的想象。

那天，他打电话给我，顿了很久，终于开口。

他说，北京房价太贵，他在苏州看上了一套房子，想买下来给他父母住。以后如果在北京很难发展下去，也可以回去。现在正在凑首付，找我借五万块钱，半年还。

我有点儿尴尬，不知道怎么回答。心想，在"我和小三"和"我只是和她睡了一觉，不是出轨"之后，王子天终于不负我的期望，又做出了"向前女友借钱买房"的事。

电话那一头的他说了这段时间的心酸，包括家里的困难。他像个小孩儿，忽然有点儿不好意思地说，一个女同学结婚的时候，他多包了五百块，这样会不会方便他开口找她借钱。他觉得这样的自己是不是太精明了，有点儿不好。

我半晌没说出话来，感觉自己在听一个段子。我知道他是真的遇到了困难，也很自责，然而居然从内心深处并不想借这笔钱给他。我愧疚于他很看重我，找我伸手，我却有所防备。

挂上电话的我，觉得也许我从来没有真正了解过这个人。借钱失败的他，可能也对我充满失望吧。

杨天冬他们曾经不止一次帮我计划过详细的复仇计划，比如把"我和小三"的文件夹发给小三本人之类的。李雅告诉我，你可以做比恶人更恶的事情，这样你就会原谅他所犯下的恶，认为这是一种理所当然的享受。

可我忽然明白，生活这件事根本不需要报复，他在时间里吃的苦，远比我想象的要多。我不该是那个来审判他的人，因为天平的这一头，我自己也随时等待着被审判。

我叹了口气，摇了摇头，转身走进厨房，想触碰点儿真实的东西，比如做一顿好吃的，等着我爱的人回来。我愿意把这些事情告诉厨房里的蔬菜和牛肉，和它们聊聊天，好让我从那不接地气的往事里晃过神来。

然后我会永远保持沉默。做一个没有故事，只会生活的人。

终章

越执迷的人，最后也会越冷漠。

又过了几年，我在南京的机场偶遇了一次王子天。

他正好在南京出差，我去南京参加一个朋友的婚礼。登机之前我们碰见了。真是活久见。

我们聊了会儿各自人生中的生老病死，就像好久不见的朋友。我们都了解彼此内心的残缺，已经能把对方当作一个"我很了解的人"。当然人心隔肚皮，我也不是很确信我在他心中是怎样的存在。

不过，这对我来说并不重要了。

有人问我，其实王子天是不是对我有所留恋？说实话，我对这个问题兴趣不大。我不想再把"爱"这个词放在我和他之间，这让我觉得很无趣。曾经越执迷的人，最后也会越冷漠。

王子天的航班比我要早一个小时，他在我之前登机了。

他拎着行李，在我面前渐行渐远，虽然我们之间经历了许多奇葩狗血的剧情，但确实也在彼此身上留下了一些美好的青春的印记。

抱歉我没有让你们看到一个破镜重圆的理想故事。可这才足够真实。

看着他的背影，说实话，我有些失望。这个我记忆里的少年已经逐渐被生活打磨成了这样。他在我面前逐渐老去，失去了光环。

他走过安检口，融入人群，变成一个我无法在人海中辨识出来的人。或者说，岁月荏苒，我已经丧失了从人海中把他辨识出来的能力。

轮到我登机了。

可能是昨晚没睡好的原因，站在安检口的我，有点儿头疼。

那个安检口让我有点儿慌神，不知道为什么，我总感觉这个画面我曾经在哪里见过。

我站在那个小小的台子上，安检的机器碰到我的衣服。我的行李箱也流水一样过了通道，忽然，警报的声音响起。

"女士，您好，不好意思，您行李箱里的移动电源超过了飞机可以携带的标准。"安检人员告诉我。

"怎么会……我之前过来的时候都可以。"

"最近检查得比较严。您可以选择寄存在机场，我们可以快递给您。"

我扶着有点儿晕的头，终于想起在哪里见过这个场景。

这不就是我前几年反复做的那个妖精和城堡的梦吗？

王子天顺利通过了妖精的守卫，通过了闸道。而不会说妖精语言的我被留在了地狱里，永远都找不到出路。

原来我找不到出路，不是因为我真的找不到出路，而是我根本不想。

"女士，需要留下移动电源的话，您可以回去填写一下表格，寄存一下，现在离登机还有一段时间。"工作人员提醒。

"不要了。我不要了。"头疼的我看了看手上这个用了很多年的移动电源，直接扔到旁边的篮子里，让它和那些被滞留下来的陌生人的物件待在一起。

"好的。祝您旅途愉快。"

隔着机场的玻璃窗，我抬头看着头顶的机翼，像是在看梦中那个我瞻望了无数次的城堡。我记得很清楚，无数次，我想要触及它，却被留在了地狱里。

飞机起飞的时候，望着舷窗外的云朵，昏昏欲睡的我，又做了多年前那个妖精和城堡的梦。

这一次，还是像从前一样，因为不会说妖精的语言，我依然不失所望地，被妖精留在了地狱这一头，看着王子天顺利地走向城堡。

只不过，这一回，那个我一直认为可怖无比的绿色妖精，忽然低下头，用人类的语言压低声音，凑在我耳边告诉我说："没关系的宝贝，我忘了告诉你，我们这里，两头都是地狱。那一头，可能更糟糕呢！"

他朝我眨了眨眼睛，像是个把考试答案泄漏给我的慈祥老师。

那双我曾经害怕的赤红色的眼睛，闪亮得像两颗新鲜欲滴的草莓。

梦里的我，实在没忍住，扑哧笑出了声。

我知道这是我最后一次做这个久远的梦了。我来不及和梦里那些地狱里的鬼怪一一告别，祝他们在地狱的那一头一切安好。

岁月越往后，时间越加速流逝，须臾睡梦，醒来之后，云端之下，陆地上还有等待着我的家人和朋友。

　　感谢这唯一的一层地狱，不会放过我们任何人。

　　感谢这唯一的一层地狱，让我们相爱相杀，相遇别离。

　　让我万劫不复，再重获新生。

后记

　　《时空恋旅人》里，男主的爸爸拥有穿越回过去的能力。他经常穿越回去，不做改变人生的事，错的让它错，遗憾的让它遗憾。他只是找个角落，读他最爱的狄更斯小说。

　　换我也会这样。

　　今年是我写故事的第七个年头。

　　到现在，听到"作家"两个字，我还是和七年前一样，想找个桌子钻下去。但至少能坦诚面对自己的残缺，继续写下去。

　　早在某个庸常的瞬间，我已经和这个故事道别。

　　也许是在高峰期的公交车上，也许是在一个大雪天，也许在厨房的水龙头前，或是在好像没有尽头的高速公路上。

　　在某个瞬间，它像曾经与我相逢一样，与我告别。

　　它穿过这些人潮和风景，不再属于我，来到你们身边。

　　也许它不够好，但请接受我的诚意。如今我已明白，只有经历无数庸常的夜晚，写尽所有套路，才能拿出一份真诚。就像唯有克制，才能给予深情。

　　祝阅读愉快。

　　再会。

2016 年 04 月 07 日于合肥

出品 \ 上海最世文化发展有限公司

官方网站 \ www.zuibook.com

平台支持 \ 翻咻 ZUI Factor

你在云端好自为之

作者　疏星

ZUI Book
CAST

出 品 人 \ 郭敬明

项目总监 \ 痕痕

监　制 \ 与其　刘雾

特约策划 \ 卡卡　冯旭梅

特约编辑 \ 非非　冯旭梅

装帧设计 \ ZUI Factor (zui@zuifactor.com)

设 计 师 \ 曹欣

内封插画 \ Mochy

图书在版编目（CIP）数据

你在云端好自为之 / 疏星著 . — 长沙 ：湖南文艺出版社，2016.9
ISBN 978-7-5404-7648-9

Ⅰ . ①你… Ⅱ . ①疏… Ⅲ . ①长篇小说 — 中国 — 当代 Ⅳ . ① I247.5

中国版本图书馆 CIP 数据核字（2016）第 142964 号

上架建议：都市情感

NI ZAI YUNDUAN HAOZIWEIZHI

你在云端好自为之

作　　者：疏　星
出 版 人：刘清华
出 品 人：郭敬明
项目总监：痕　痕
责任编辑：薛　健　刘诗哲
监　　制：与　其　刘　霁
特约策划：卡　卡　冯旭梅
特约编辑：非　非　冯旭梅
营销编辑：杨　帆
装帧设计：ZUI Factor（zui@zuifactor.com）
设 计 师：曹　欣
内封插画：Mochy

出版发行：湖南文艺出版社
　　　　　　（长沙市雨花区东二环一段 508 号　邮编：410014）
网　　址：www.hnwy.net
印　　刷：三河市鑫金马印装有限公司
经　　销：新华书店
开　　本：880mm × 1230mm　1/32
字　　数：181 千字
印　　张：7.5
版　　次：2016 年 9 月第 1 版
印　　次：2016 年 9 月第 1 次印刷
书　　号：ISBN 978-7-5404-7648-9
定　　价：32.80 元

质量监督电话 | 010-59096394
团购电话 | 010-59320018